야간 비행

야간 비행

초판 1쇄 발행 2020년 8월 5일
초판 8쇄 발행 2024년 4월 12일

지은이 앙투안 드 생텍쥐페리
옮긴이 김민준
펴낸이 남기성

펴낸곳 주식회사 자화상
인쇄,제작 데이타링크
출판사등록 신고번호 제 2016-000312호
주소 서울특별시 마포구 월드컵북로 400, 2층 201호
대표전화 (070) 7555-9653
이메일 sung0278@naver.com

ISBN 979-11-90298-96-4 00860

야간 비행

앙투안 드 생텍쥐페리 지음

김민준 옮김

자화상

차례

1

비행기 아래로 내려다 보이는 야산에는 황금빛 저녁노을이 짙은 그림자를 뱃길처럼 그려놓고 있었다. 들판에 깔린 환한 빛의 노을은 쉽게 질 것 같지 않았다. 이 지방에서는 늦은 겨울에도 눈이 남아서 황금빛 저녁노을이 늦도록 들판을 붉게 물들인다.

조종사 파비앵은 피타고니아선 우편기로 남극지방을 떠나 부에노스아이레스로 향하고 있었다. 고요한 구름이 만드는 적막과 가벼운 굴곡을 타고 저녁이 항구 주변의 잔물결처럼 다가오고 있었으며 마침내 거대하고 행복한 정박지로 들어서고 있었다.

그는 문득 자신이 적막 속에서 양치기처럼 느리게 산책을 하고 있는 것 같다고 착각을 했을 것이다. 양치기들은 서두르는 일 없이 이리저리 양 떼들 사이를 걸어 다닌다.

한 마을에서 다른 마을로 옮겨 다니는 파비앵은 여느 마을의 양치기와 다를 바 없다. 그는 두 시간마다 강가로 물을 마시러 가거나 들판에서 풀을 뜯는 양 떼를 마주치곤 했다.

이따금 바다보다도 인적이 드문 초원을 몇 백 킬로미터씩 비행하다 보면 외딴 농가를 만나기도 하는데 농가는 마치 출렁이는 초원의 물결 위로 인간의 삶을 싣고 조금씩 떠밀려가는 배처럼 보였다. 그럴 때면 그는 비행기 날개를 움직여 인사를 했다.

'산 훌리안이 눈 안에 들어 옴. 십 분 후 착륙하겠음.'

무선기사가 항로의 전 무선국에 통보를 했다. 2,500킬로미터에 이르는 마젤란 해협에서 부에노스아이레스까지의 항로에는 이와 흡사한 비행장들이 일정한 간격으로 늘어서 있다. 그중에서도 이 비행장은 마치 아프리카에서 마지막으로 정복된 신비한 촌락처럼, 밤의 경계선 위에 슬그머니 펼쳐져 있었다.

무선기사가 조종사에게 쪽지 한 장을 건넸다.

'심한 뇌우로 수신기에 들리는 거라곤 잡음뿐인데, 산 훌리안에서 자고 갈까요?'

파비앵은 미소를 지었다. 어항처럼 고요한 하늘에 앞에 펼쳐진 모든 기항지의 비행장들은 '하늘 맑음. 바람 없음.' 이라는 신호를 보내왔다. 그는 대답했다.

'그냥 계속해서 갑시다.'

무선기사는 저 하늘 어딘가에 과일 속의 벌레처럼 뇌우가 자리 잡고 있을 것이라는 생각이 들었다. 아름다운 밤이지만 언제든지 망가질 수 있다. 그는 불안한 기운이 감도는 어둠 속으로 들어서는 것이 끝내 내키지 않았다.

파비앵은 엔진 속도를 낮추면서 피로를 느꼈다. 인간의 삶을 여유롭게 하는 모든 것들, 예를 들어 집이나 작은 카페, 길가의 나무들이 그를 향해 점점 크게 다가왔다. 그는 마치 정복을 마치고 저녁이 되어 자신의 손아귀에 넣은 영토를 내려다보며 인간들의 소박한 행복을 발견하는 정복자 같았다. 파비앵은 이제 무기를 내려놓고 무거운 몸과 지친 근육을 쉬게 하고 싶었다. 그리고 그는 생각했다. 인간은 가난 속에서도 여유로운 마음으로 살아가게 마련이니, 이제부터는 그저 소박하게 창문 밖의 변함없는 풍경을 바라보며 살고 싶다는 마음과 함께 이런 작은 마을이라도 좋을 것

같다고. 인간은 일단 결정하고 나면 삶이 만들어내는 우연에 만족하며 그곳을 사랑하는 법이니까. 그것은 사랑처럼 우리를 가두어놓는다. 파비앵은 이 마을에서 장구한 세월 살면서 이곳의 영원함에 대한 한 조각이 되고 싶었다. 왜냐하면 여태껏 그가 한 시간씩 머물렀던 작은 마을들과 그가 지나온 낡은 담장의 정원들이 그와는 전혀 관계없이 영원할 것처럼 보였기 때문이다.

비행기 앞에 마을들이 솟아올라 눈앞에 펼쳐졌다. 파비앵은 어여쁜 소녀들에 대하여, 우정에 대하여, 청결한 식탁보 사이의 친밀함에 대하여, 영원한 것으로 관계 맺어질 그 모든 것들에 대하여 생각했다. 그 사이 마을은 비행기 날개에 닿을 듯 스쳐갔고 더 이상 담장에 가려지지 않는 정원의 신비는 그대로 드러났다. 하지만 착륙하고 나서 본 것은 돌담 사이를 오가는 몇몇 사람들뿐이었다. 마을은 그 오롯한 부동성으로 은밀함을 지켜내며 온화함을 내어 주기를 거부했다. 그가 이 마을의 온화함에 젖으려면 비행이라는 행동을 포기하는 수밖에 없었던 것이다.

십 분 후, 파비앵은 다시, 비행을 시작했다. 돌아본 산 홀

리안은 이제 단 한 줌의 빛에 불과했고, 곧 이어 하나의 별로, 그리고 마침내 먼지처럼 사라지면서 마지막까지 그를 유혹했다.

'음 계기판이 보이질 않는구나. 불을 켜자.'

하지만 조종석의 붉은 램프는 푸른 대기로 인해 희석되어 계기판의 바늘이 빛나는 것을 허락하지 않았다. 그는 전구 앞에 손가락을 가져갔으나 붉은 빛이 손가락을 겨우 물들일 정도였다.

'아직 이르군.'

그럼에도 밤은 검은 연기처럼 피어올라 계곡을 가득 메웠다. 더 이상 들판과 계곡은 구별할 수 없었으며 마을은 이미 불을 밝혀 별무리처럼 깜박이며 화답하고 있었다. 그역시 표지등을 깜박거려 마을의 불빛들에게 응답했다. 검은 바다의 등댓불이 유난히 선명하듯이 집들이 저마다 검은 밤을 향해 별처럼 불을 밝히자 대지는 온통 서로에게 화답하는 불빛으로 뒤덮였다. 그리고 찬란하게 반짝거리기 시작했다. 파비앵은 포근하고 아름다운 항구로 들어서는 것 같은 밤의 비행에 감탄스러웠다.

그는 조종석에 머리를 파묻었다. 그리고 형광빛으로 변하는 계기판의 숫자들을 하나하나 점검하며 자신이 창공에 의연하게 자리하고 있다는 사실에 만족스러웠다. 그는 강철 버팀대를 매만지며 그 금속 덩어리 속에 생명이 있음을 느꼈다. 금속의 진동은 살아 있기 때문인 것이다. 500마력의 엔진이 이 물체 속에 전류를 흐르게 하고, 얼음처럼 차가운 금속을 벨벳처럼 부드러운 살로 변화시키는 것이다. 조종사는 비행하는 동안 현기증이나 도취가 아닌 살아 있는 신비로운 육체의 활동을 체험했다.

자신의 세계를 재구성한 그는 편하게 자리 잡기 위해 팔꿈치를 움직여 보았다. 스위치를 하나하나 만져보고 배전판을 두드려보았다. 그리고 몸을 편하게 기대어 밤이 엄호해주는 이 5톤짜리 움직이는 금속 물체의 흔들림을 가장 잘 느낄 수 있는 자세를 취했다. 그리곤 비상 램프를 찾아 제자리에 밀어놓고, 그것을 손에서 놓았다가 다시 찾아보면서 램프가 미끄러지지 않음을 확인하고 손을 뗐다. 어둠 속에서도 확실하게 잡을 수 있도록 레버들을 하나씩 건드려보며 손가락을 훈련시켰다. 손가락이 그것을 충분히

숙지했을 때 램프를 하나 켜서 정확한 계기들로 조종석을 정비했다. 그리고 잠수하듯 밤으로 진입하는 것을 오로지 계기판으로만 살펴보았다. 마침내 자이로스코프와 고도계, 엔진 회전 속도가 일정하게 유지되었다. 그는 기지개를 켜고 가죽 의자에 깊숙이 기댄 후 형언할 수 없는 희망에 도취하는 비행이라는 것에 대해 깊은 명상을 시작했다.

이제 그는 한밤중의 야경꾼처럼 밤이 보여주는 인간의 모습을 발견한다. 그 부름들, 그 불빛들, 그 초조함 같은 것들을. 어둠 속에서 반짝이는 저 작은 별 하나는 외딴집 한 채다. 불빛이 꺼지면 집은 자신의 사랑 속에 갇힌다. 또는 근심 속에 갇힌다. 그리고 세상과의 교신을 멈추게 된다. 식탁 등불 앞의 저 농부들은 자신이 무엇을 바라는지 알지 못한다. 그들은 그들의 욕망이 이 거대한 밤의 어둠 속에 이렇게 멀리까지 와 닿는 줄 꿈에도 모른다. 하지만 파비앵은 1,000킬로미터나 비행해오는 동안 험한 격랑 속에서 비행기가 살아 숨쉬듯 요동칠 때, 전장 같은 열 번의 뇌우를 지나고, 그 뇌우 틈새에서 비치는 달빛을 지나올 때, 그리하여 승리감에 도취되어 그 불빛들에게 다가갔을 때 그들의 욕망을 발견했다. 저 농부들은 등불이 자신들의 초라한 식탁을 비출 뿐이라고 생각하지만 80킬로미터 거리에 떨어져 있는 곳에서 보이는 것은 마치, 누군가가 무인도에서 바다를 향해 절망적으로 흔들어대는 등불 같아서 그 작은 빛의 속삭임에도 충분히 감동받는 것이다.

2

　칠레선, 파타고니아선, 파라과이선 우편기는 각각 남서 그리고 북쪽에서 부에노스아이레스를 향해 돌아오고 있었다. 이곳에서는 자정 즈음에 출발하는 유럽행 비행기가 우편물을 기다렸다. 세 명의 조종사들은 거룻배처럼 무거운 엔진 커버 뒤 어둠 속에서 자신들의 비행에 대한 생각에 골몰하였다. 이제 그들은 험하고 황폐한 산악지방에서 내려오는 농부들처럼, 폭우가 몰아치기도 하고 고요하기도 한 하늘로부터 거대한 도시를 향해 천천히 하강할 것이다.

　항로의 전체 책임자인 리비에르는 아무 말 없이 부에노스아이레스 착륙장 이곳저곳을 서성거렸다. 세 대의 비행기가 도착할 때까지는, 그날 하루가 그에게 여전히 안심할 수 없는 날이었기 때문이다. 시시각각 전보가 올 때마다 그는 운명으로부터 무언가를 떼어내어 미지의 몫을 줄이고, 자신의 승무원들을 어둠으로부터 해변까지 이끌어와야 한다는 생각에 골몰했다.

인부가 무선국의 메시지를 전했다.

"칠레선 우편기가 부에노스아이레스의 불빛을 보았답니다."

"알았네."

리비에르는 이제 곧 그 비행기 소리를 들을 것이다. 신비로 가득한 바다가 밀물 썰물로 오랫동안 흔들어대던 보물을 해변에 드러내는 것과 같이, 밤은 벌써 비행기 한 대를 보내고 있었다. 그리고 또 조금 후면 두 대의 비행기도 밤으로부터 건네받을 것이다.

그러면 오늘 하루는 마무리될 것이다. 지친 승무원들은 자러 갈 것이고, 그들의 자리는 활기찬 승무원들로 교체될 것이다. 하지만 리비에르에게는 잠시의 휴식도 없다. 이번에는 또, 유럽선 우편기가 그에게 걱정을 가득 실어줄 것이기 때문이다. 언제나 이런 식이리라 언제나. 이 노익장의 투사는 생전 처음 자신이 지쳐 있다는 사실에 놀라움을 느끼곤 했다. 비행기의 도착은 전쟁이 끝나고 평화의 새장을 여는 그런 승리가 결코 아니다. 다만 이제부터 걸어야 할 수천 걸음에 앞선 한 걸음을 떼어놓았을 뿐인 것이다. 그는 오래전부터 긴장된 두 팔로 굉장히 무거운 짐을 들어 올리고 있는 것처럼 느꼈다. 그것은 휴식도 희망도 없는 노력뿐이었다.

'나도 늙어가고 있구나'

늙어가고 있다는 것은 자신의 유일한 행동에서 더 이상 자신의 양식을 찾아내지 못하고 있다는 뜻이다. 그는 갑자기 떠오른 문제들을 심도 있게 생각한 스스로가 놀라웠다. 그리고 자신이 늘 피해왔던 그 부드러운 덩어리가 우수에 젖은 속삭임과 함께 잃어버린 대양처럼 그에게로 되돌아왔다.

'그러니까 그 모든 것이 이토록 가까이 있었던가?'

그는 인간의 삶을 행복하게 해 주는 것들을 나이 들어서 '시간이 날 때'로 조금씩 밀어내고 있었다는 사실을 깨달았다. 언젠가는 정말로 시간이 날 것처럼, 삶의 끝에 이르면 상상해오던 그 행복한 평화를 얻어낼 것처럼. 하지만 평화는 없다. 아마 승리도 없을 것이다. 모든 우편기의 최종적 도착이란 없다.

리비에르는 늙은 정비 감독 르루 앞에 멈춰 섰다. 그 역시 40년 째 근속하며 자신의 모든 것을 바쳐왔다. 밤 열 시가 넘어, 또는 자정에 가까워 집으로 돌아간다 해도 그에게 새로운 세계나 도피처가 펼쳐지는 것은 아니었다. 리비에르는 그에게 미소를 지었다. 르루는 피곤한 얼굴을 들어 보이며 파란색 회전축 하나를 가리켰다.

"너무 꽉 끼어 있어서 좀 느슨하게 풀어놨어요."

리비에르는 회전축 쪽으로 고개를 돌렸다. 직업의식이 다시 그를 사로잡았다.

"작업반에게 이 부품들을 헐겁게 맞춰놓으라고 말해야겠네."

윤활유 자국을 손으로 더듬어본 다음 다시 르루를 보았다. 깊게 팬 주름을 보자 야릇한 질문이 입가를 맴돌았다. 그는 미소를 지으며 물었다.

"르루, 자네는 살아오면서 사랑에 빠져본 일이 있나?"

"아! 사랑이라, 소장님도 아시다시피······."

"자네도 나와 같군. 시간이 없었지?"

"그리 많지는 않았죠."

리비에르는 그의 목소리에 귀를 기울였다. 대답에 쓸쓸함이 배어 있는지 알아보려고. 그러나 목소리에 슬픈 빛은 없었다. 이 남자는 자신의 과거 앞에서, 이제 막 아름다운 널빤지 하나를 산뜻하게 다듬은 뒤 "자, 다 됐습니다."라고 말하는 목수처럼 평온한 만족을 누리고 있었다. 리비에르는 생각했다. '그래, 이제는 내 삶도 다되었구나.'

그는 피곤함이 몰고 온 침울한 생각들을 모두 떨쳐버리고 격납고 쪽으로 발걸음을 향했다. 칠레를 향하는 비행기가 요란한 굉음을 내고 있었기 때문이다.

3

엔진 소리는 점점 더 묵직해지면서 무르익어 갔다. 조명
등이 이곳저곳 켜지고 붉은 항공 표시등이 격납고와 무선
탑과 착륙장의 모습을 드러냈다. 축제가 준비되고 있었다.

"도착!"

비행기는 벌써 탐조등의 빛살 속으로 미끄러져 들어오
고 있었다. 번쩍거리는 모습이 마치 새 비행기 같았다. 비행
기가 격납고 앞에 멈추고 정비사와 기계공들이 서둘러 우
편물을 내려놓고 있는 동안에도 조종사 펠르렝은 요지부동
이었다.

"아니, 내리지 않고 뭐하세요?"

비행에 몰두해 있던 조종사는 선뜻 대답을 하지 않았다.
어쩌면 그의 귓속에는 아직도 온갖 소음들이 가득할지 모

른다. 그는 고개를 천천히 끄덕이더니 몸을 숙여 무언가를 만지작거렸다. 드디어는 동료들과 상사들 쪽으로 몸을 돌려 마치 자신의 소유물을 보듯 엄숙히 바라보며 그들의 수를 세고 평가하고 가늠하는 듯했다. 그는 자신이 이 사람들과, 축제의 장소 같은 격납고, 단단한 시멘트, 그리고 저 멀리 분주하게 움직이는 도시와 그곳의 여인들과 열기를 되찾았다고 생각했다. 그들의 소리를 들을 수 있고, 그들을 만질 수 있고, 그들에게 욕설을 퍼부어댈 수도 있었기 때문이다. 그는 사람들이 마치 신하라도 되는 양 우람한 두 손으로 움켜쥐었다. 그는 그들에게 달 구경이나 하며 평온하게 살고 있다고 욕을 해줄 생각도 하였다. 하지만 그것이 그가 유순한 사람이 아니라는 뜻은 아니다.

"술이나 한잔 사세요!"

그리고 그는 비행기에서 내렸다.

그는 자신의 비행에 대해 이야기하고 싶었다.

"어땠는지 말도 마십쇼!"

하지만 그것만으로도 충분했다고 생각이 들었던지 비행복을 벗으러 자리를 떠났다.

펠르렝은 침울한 감독관과 말없는 리비에르와 함께 부에노스아이레스로 가는 자동차에 올랐지만 돌연 서글퍼지는 마음이 들었다. 위험한 일을 처리하고 단단한 땅 위에 다시 두발로 우뚝 서서 악의 없는 욕설을 내뱉을 수 있다는 것은 멋진 일이었다. 얼마나 강력한 기쁨인가! 하지만 곧이어 기억을 더듬자 알 수 없는 의혹이 일었다.

태풍 속의 사투, 그것은 명백한 사실이었다. 하지만 사물들의 모습, 그 사물들이 홀로 있다고 생각될 때의 모습은 그렇지 않았다. '정말이지 폭동과 같았어. 희끄무레하기만 하던 모습들이 그렇게 돌변하다니!' 펠르렝은 당시 상황을 기억해내려고 안간힘을 썼다.

그는 안데스 산맥을 평온하게 넘어오고 있었다. 겨울눈은 폐허가 된 성에 머물고 있는 오랜 세월처럼 산맥 위에 평화롭게 누워 있었다. 눈은 거대한 산들을 평화롭게 만들었다. 눈이 뒤덮인 산길 200킬로미터에는 사람, 생명의 숨결, 어떤 흔적조차 없었다. 고도 6,000미터의 그곳에는 병풍처럼 둘러싸인 가파른 암석, 깎여진 산봉우리, 숨 막히는 정적만이 있을 뿐이었다. 그곳은 투풍가토 봉우리 근처였다.

그는 생각을 곱씹어봤다. 그렇다. 기적을 본 곳은 바로 그곳이었다. 처음에는 아무것도 보지 못했고 그저 원인 모를 불안함만을 느꼈을 뿐이다. 마치 혼자 있다고 생각했으나 누군가 바라보고 있는 그런 느낌이었다. 그는 뒤늦게, 영문도 모른채 자신이 분노에 휩싸여 있음을 깨달았다. 그 분노는 도대체 어디에서 비롯한 것일까?

그것이 자신을 둘러싼 바위들이나 흰 눈에서 비롯한 것이라는 걸 무슨 수로 짐작이나 할 수 있었을까? 아무것도 그를 위협하지 않았다. 돌풍의 기미도 느껴지지 않았다. 그때, 별다를 바 없는 부동의 세계 하나가 솟아나고 있었다. 펠르렝은 말로 할 수 없는 비통한 심정으로, 때 묻지 않은 산봉우리를, 그 능선들을, 잿빛의 산마루들을 바라보았다. 그것들이 군중처럼 살아 움직이기 시작했다.

싸워야 할 일도 없는데, 그는 조종석 제어 장치를 두 손으로 꽉 움켜잡았다. 예측할 수 없는 그 무언가가 일어나려고 하고 있었다. 그는 곧 뛰어오를 짐승처럼 팽팽하게 근육을 긴장시켰다. 하지만 시야에 들어오는 모든 것은 고요하기만 했다. 그렇다, 고요했다. 그것은 이상한 힘이 실린 분

위기였다.

순간, 모든 것이 날카로워졌다. 자신을 둘러싼 능선과 산봉우리, 그것들은 마치 거친 바람을 뚫고 나가는 뱃머리 같았다. 그리고 그 뱃머리들은 거대한 함선이 전투를 위해 전열을 정비하듯이 회오리를 일으키며 그의 주변을 표류하는 듯했다. 곧이어 먼지가 휘날리며 훨훨 날아올라 베일처럼 눈송이들을 감싸고 부유했다. 그제야 퇴각로를 찾기 위해 뒤를 돌아본 그는 극심하게 몸을 떨었다. 뒤에는 안데스 산맥 전체가 거대하게 흔들리고 있었다. '이제 죽었구나.' 전방의 산봉우리에서 눈이 솟구쳤다. 마치 눈을 뿜는 화산 같았다. 오른쪽의 다른 산봉우리에서도 눈을 뿜어 올렸다. 보이지 않는 어떤 주자가 연달아 불을 붙인 듯 모든 산봉우리들이 하나씩 차례로 불길에 휩싸였다. 곧이어 주변의 산봉우리들이 소용돌이치며 휘청거렸다.

격렬한 행동은 거의 모든 흔적을 지웠다. 그는 자신을 휘감았던 거대한 돌풍에 대한 상황을 더 이상 기억해낼 수 없었다. 단지 그 잿빛의 불길 속에서 맹렬히 사투를 벌였던 것만 어렴풋이 생각날 뿐이었다. '태풍, 그것은 아무것도 아니다. 목숨은 건질 수 있다. 하지만 바로 그 직전! 태풍과 맞닥뜨리는 그 순간만은!' 그는 수많은 것들 중에서 어떤 한 모습을 알아보았다고 생각했지만, 그것을 이미 잊어버리고 말았다.

4

리비에르는 피로에 지친 펠르랭을 바라보았다. 이십 분
후면 펠르랭은 차에서 내려 허탈한 심정으로 군중 속으로
섞여들 것이다. '지독한 직업이야. 정말 피곤해!' 그리고 그
는 자기 아내에게 이야기를 털어놓을지 모른다. '안데스 산
맥보다 여기가 훨씬 좋아.' 펠르랭은 사람들이 그토록 매달
리는 그 모든 것에 거의 초연해졌다. 그것은 하찮음을 이제
막 느끼고 왔기 때문이다. 그는 찬란한 이 도시를 다시는
볼 수 있을지 모른 채 다른 세상에서 몇 시간을 보내다 온
것이다. 리비에르는 생각했다. '군중 속에는 분간할 수는 없
으나 특별한 사명을 띤 비범한 사람들이 분명히 있다. 하지
만 그들 자신은 그 사실을 모른다. 적어도 어떤 일이 벌어
지지 않는 한.'

리비에르는 몇몇 숭배자들을 두려워했다. 그들은 모험의 신성한 성격을 이해하기는커녕 그들만의 감탄사로 모험의 의미를 왜곡하고 인간을 축소시킨다. 그러나 펠르랭은 어느 날 언뜻 엿보게 된 그 세상의 가치에 대해 누구보다 잘 깨닫고 있으며, 저속한 찬사들을 묵직한 경멸로 물리칠 수 있는 겸손한 태도를 지니고 있었다. 또한 그것은 자신의 위대함을 고수할 수 있도록 해주는 것이었다. 리비에르는 펠르랭을 칭찬하며 물었다.

"어떻게 해냈나?"

그는 대장장이가 모루에 대해 단순하게 말하듯 펠르랭이 직업과 자신의 비행에 대해 이야기하는 모습을 좋아했다. 펠르랭은 용서라도 구하듯 먼저 끊어진 퇴로를 설명했다.

"선택의 여지가 있을 수 없었어요."

눈으로 시야가 가려진 상황에 겹쳐 거센 기류가 발생해 비행기가 7,000미터 상공으로 떠올랐고, 그는 살아났다.

"횡단하는 내내 능선에 바짝 붙어 비행할 수밖에 없었어요."

그는 눈 때문에 입구가 막혀 다른 곳으로 들어가야 했던 이야기도 했다.

"얼어붙어서 빙판이 되었거든요."

나중에는 하강 기류가 불어와 밑으로 곤두박질치게 했고, 고도 3,000미터쯤 하강했을 때 그때까지 어떻게 아무것에도 부딪히지 않았는지 이해할 수 없었다고 했다. 그는 이미 들판 위를 날아가고 있었다.

"맑은 하늘에 들어서고 나서야 그 사실을 갑자기 깨달았어요."

그리고 바로 그 순간 비로소 어두운 동굴에서 빠져나온 느낌이 들었다고 했다.

"멘도사에서도 폭풍이 있었나?"

"아니요, 바람 한 점 없이 맑을 때 착륙했어요. 하지만 폭풍은 바로 뒤에서 쫓아오고 있었어요."

그는 '이상한' 그 폭풍에 대해 설명했다. 폭풍의 정점은 아주 높은 눈구름 속에 있었는데, 그 기저는 검은 용암처럼 들판 위를 휘돌며 도시들을 하나씩 삼켰다.

"그런 건 생전 처음 봤어요."

그리고 그는 어떤 기억에 몰입하는 듯 입을 다물었다.

리비에르는 로비노 감독관을 보았다.

"태평양에서 온 태풍인데, 나중에야 통고를 받았네. 그런 태풍들은 결코 안데스 산맥을 넘어오지 않거든."

동쪽을 향해 계속해서 쫓아오는 태풍일 줄은 아무도 예상할 수 없었다. 그러한 것에 대해 전혀 모르는 감독관은 그저 고개만 끄덕였다. 감독관은 머뭇거리며 무슨 말을 하려는 듯 펠르랭을 돌아보다가 이내 아무런 말도 하지 않았다. 그는 생각에 잠겨 있다가 똑바로 자기 앞을 응시하며 우울한 위엄을 되찾았다.

그는 짐 가방처럼 우울을 지고 다녔다. 전날 밤, 리비에르의 분명치 않은 용무로 호출을 받고 아르헨티나에 도착한 그는 자신의 커다란 두 손과 감독관으로서의 위엄이 곤혹스러웠다. 그에게는 환상이나 능변을 칭찬할 권리가 없었다. 오직 임무에 따른 정확성만 칭찬해야 했다. 술 한잔 마실 수도 없고, 동료들과 편하게 대화를 나눌 수도 없었다. 어쩌다 우연히 같은 기항지에서 다른 감독관을 만나지 않는 이상 험담을 늘어놓을 권리도 없었다.

'감독관이 된다는 건 어려운 일이야.'

사실, 그는 감독하는 게 아니라 그저 고개만 끄덕일 뿐이었다. 아는 게 없기 때문이다. 그는 자신이 맞닥뜨린 모든 일에 고개를 천천히 끄덕였다. 그런 태도는 양심 없는 사람들을 불안하게 하여 그들이 장비를 잘 다루도록 하는데 족히 기여했다. 그는 그다지 사랑받지 못했다. 감독관이란, 달콤한 사랑을 위해서가 아니라 보고서를 작성하기 위해 만들어진 직책이기 때문이다. 그는 리비에르로부터 다음과 같은 글을 받은 후로 새로운 방법의 기술적 해결책을 제시하는 일을 포기했다.

'부탁하건데, 로비노 감독관은 시가 아닌 보고서를 제출해주시기 바랍니다. 감독관은 직원의 열의를 자극함으로써 그 능력을 보이는 것이오. 로비노 감독관은 본인의 능력을 만족스럽게 사용하도록 노력하십시오.'

그때부터 그는 일용할 양식인 양 직원들의 과실을 파고들었다. 음주하는 기계공에게, 꼬박 밤을 새우는 비행장 주임에게, 착륙이 매끄럽지 못한 조종사에게 말이다. 리비에르는 로비노 감독관에 대해 이렇게 말하곤 하였다.

"그는 아주 똑똑하진 않지만, 그래서 큰 도움이 되지."

리비에르가 세워놓은 규칙이 그 자신에게는 인간을 아는 일이었지만, 로비노에게는 그저 규칙을 아는 일에 불과했다. 리비에르는 언젠가 로비노에게 말한 적이 있다.

"로비노, 이륙 시간을 지체한 모든 사람들에게는 정근 수당을 취소해야 하네."

"바람이나 안개 때문이라든가 하는 불가항력인 경우에도요?"

"불가항력인 경우에도!"

로비노는 자부심 같은 것을 느꼈다. 부당한 처사를 걱정하지 않아도 될 만큼 강경한 상사를 두었다는 느낌 탓이다. 더욱이 그 자신도 그토록 공격적인 권력에서 약간의 위엄을 이끌어 낼 수 있었다. 나중에 그는 비행장 주임들에게 이런 말을 되풀이했다.

"출발 신호를 여섯 시 십오 분에 내렸으니 수당은 지불할 수 없어요."

"하지만 로비노 씨, 다섯 시 삼십 분에는 10미터 앞도 볼 수가 없었어요."

"규칙이 그렇습니다."

"로비노 씨, 우리가 안개를 걷어낼 순 없잖습니까!"

로비노는 모호한 태도로 상황을 회피해버렸다. 그는 집
행부의 일원이었다. 바쁘게 돌아가는 사람들 중에서 오직
그만이 비행시간을 향상시키는 방법을 알고 있었다.

"그는 아무 생각이 없어. 그러니 잘못된 생각조차 할 수
없지."

리비에르가 그에 대해 말하곤 했다.

"기체를 파손한 조종사는 무사고 수당을 받지 못한다."

"기체 고장이 숲에서 일어나면요?"

"마찬가지야 숲에서도."

리비에르의 말은 로비노에게 절대적이었다. 나중에 그는
열정적으로 조종사들에게 이렇게 말했다.

"유감입니다. 정말로 미안한 일이지만 고장은 다른 곳에
서 일어났어야 했습니다."

"하지만 로비노 씨, 그건 우리가 선택하는 게 아니잖아
요!"

"규칙이 그렇습니다."

'규칙이란 종교의 의례와 유사해서, 부조리해 보이지만

그것이 인간을 만들어 가지.'

리비에르는 자신이 정당한가 부당한가 하는 것은 고민하지 않았다. 그런 말들은 그에게 아무런 의미도 없었다. 리비에르는 저녁이면 야외음악당 주위를 서성이는 작은 도시의 소시민들 모습을 보며 생각했다. '저들에 대해 정당하다거나 혹은 부당하다고 하는 말은 전혀 무의미하다. 저들은 존재하지 않으니까.' 그에게 인간이란 반죽해야 할 천연 밀랍일 뿐, 그 질료에 영혼을 불어넣고 의지를 만들어 주어야 했다. 그 같은 엄격함으로 그들을 구속하려는 것이 아니라 그들을 그들 자신으로부터 일탈하게 해야 한다고 생각했다. 사정의 감안 없이 모든 착륙 지연을 단죄하는 일은 부당한 처사일 것이다. 하지만 단죄함으로써 착륙 시간을 지키려는 의지를 정시 이륙으로 이어지도록 할 수 있다. 그는 바로 그런 의지를 만들어냈다. 흐린 날씨를 휴식에 대한 당연한 권유처럼 즐기려는 것을 허용하지 않음으로써 숨 돌릴 틈을 주지 않았고, 이륙 지연은 맨 밑바닥의 잡역부까지도 은밀한 모욕을 느끼게 하였다. 그리하여 꽉 막힌 하늘에 조금이라도 틈이 보이면 곧바로 지시를 내렸다.

"북쪽 길 뚫림. 출발!"

리비에르 덕분에 그들은 15,000킬로미터의 전 항로에서 우편기를 아끼는 마음이 남달랐다. 리비에르는 이따금 말했다.

"저 사람들은 행복해. 자기들이 하는 일을 좋아하기 때문이지. 그리고 그들은 나의 엄격함으로 인해 그 일을 더 좋아하는 거야."

그는 그들을 괴롭히기도 했지만 강력한 기쁨 또한 선사했다. '그들은 강력한 삶으로 모여야 해. 그것은 고통과 기쁨을 함께 불러오지만 그런 삶만이 중요하지.' 리비에르는 자동차가 시내로 들어서자 회사 사무실 쪽으로 차를 돌렸다. 펠르랭과 단둘이 남은 로비노는 펠르랭을 향해 말을 걸었다.

5

그날 저녁 로비노는 지쳐 있었다. 승리자 펠르랭 앞의 자신의 삶은 어둡고 침침하다는 것을 깨달았다. 권위 있는 감독관이라는 지위에도 불구하고, 쌓인 피로로 기진하여 자동차 한 구석에 무너지듯 앉아 있는, 감은 두 눈과 기름투성이의 시커먼 손을 가진 이 남자에 비해 자신이 별로 가치가 없다는 것을 알게 된 것이다. 처음으로 로비노는 감탄이 우러났고 그것을 말로 표현하고 싶었다. 무엇보다 우정을 얻어내고 싶었다. 그는 그날의 여정과 실패로 지쳐 있었으며 자신이 조금 어리석다는 느낌마저 들었다. 그는 그날 유류 저장량을 확인하는 과정에서 계산을 틀렸다.

그러자 그가 적발하려던 중개상이 오히려 그를 측은하게 여기며 계산을 마무리해주었다. 무엇보다도 그는 B6형의 휘발유 펌프를 B4형으로 혼동하여 야단쳤던 것이다. 의문스러운 기계공들은 이십 분 동안이나 로비노가 제 자신의 무지를, '변명할 여지없는 무지'를 드러내며 그들을 야단치도록 내버려두었다.

로비노는 자신의 호텔 방도 두려웠다. 툴루즈에서 부에노스아이레스에 이르는 동안 일이 끝나면 어김없이 호텔 방으로 돌아갔다. 무거운 마음의 비밀과 함께 방에 틀어 박혔고, 가방에서 한 묶음의 종이를 꺼내 천천히 '보고서'를 작성해 나갔으며, 대담하게 몇 줄을 써 내려가다가 죄다 찢어버리곤 했다. 그는 회사를 중대한 위기에서 구해내고 싶었을 것이다. 하지만 회사는 어떠한 위기도 겪고 있지 않았다. 이제까지 그는 프로펠러 중앙 부분에 발생한 녹 외에는 거의 아무것도 구해내지 못했다. 그는 참담한 표정으로 비행장 주임이 보는 앞에서 손가락으로 그 녹을 문질러댔다. 그러자 주임이 말했다.

"이전 착륙지에 보고하십시오. 이 비행기는 방금 거기서 도착했거든요."

로비노는 자신의 역할에 회의가 들었다.

그는 용기를 내어 펠르랭에게 가까이 다가갔다.

"나랑 같이 저녁 식사를 하겠소? 이야기를 좀 나누고 싶거든요. 내 직업이 때로는 너무 고되어서……."

그러더니 너무 급히 추락하지 않으려고 말을 고쳤다.

"내가 책임져야 할 일들이 너무 많아요!"

부하 직원들은 로비노의 사생활에 좀처럼 끼어들고 싶어 하지 않았다. 모두들 이렇게 생각했던 것이다. '보고서를 작성할 거리를 아직 찾지 못했다면 허기진 상태로 날 잡아먹으려 들겠지?' 하지만 그날 저녁의 로비노는 오직 자신의 비참함만을 생각하고 있었다. 자신의 유일하고 개인적인 비밀, 성가신 습진에 고통스러워하는 몸에 대해 이야기하고 동정받고 싶었다. 그리고 자존심으로는 찾아내지 못한 위로를 겸손함으로 구하고 싶었으리라.

그는 프랑스에 애인도 하나 두고 있었다. 그녀에게 들를 때마다 자신의 감독관 업무에 관해 들려주었다. 그녀의 관심과 경탄을 자아내게 하여 자기를 사랑하게 만들고 싶어서 그랬던 것인데 오히려 그녀의 반감을 사고 말았다. 그래서 그 애인에 관한 이야기도 좀 하고 싶었다.

"어때요, 나랑 저녁 드시겠소?"

펠르랭은 순순히 수락했다.

6

리비에르가 부에노스아이레스의 사무실로 들어섰을 때
직원들은 졸고 있었다. 항상 외투에 모자를 눌러 쓰고 있는
모습은 흡사 영원한 여행길에 오른 사람처럼 보였다. 작은
체구였기 때문에 거들먹거려 보이지도 않았고, 희끗희끗한
머리칼과 평범한 복장은 어떤 배경에도 잘 어울려 어느 상
황에서도 눈에 잘 띄지 않았다. 그러면서도 어떤 열의 같은
것이 사람들을 자극했다. 직원들은 동요했고, 실장은 방금
도착한 서류들을 다급하게 열람했다. 타자기 두드리는 소
리가 여기저기에서 들려왔다.

전화 교환원은 교환기에 접속선을 꽂고 두툼한 장부에
전보문을 받아 적었다. 리비에르는 자리에 앉아 전보를 읽
었다. 칠레선의 시련도 마무리 된 터라, 그는 다행스러운 마

음으로 일지를 다시 읽어보았다. 사태는 잘 정리되었고, 차
례대로 각 기항지에서 보내온 메시지들은 대체로 간결한
승전보였다. 피타고니아 우편기 역시 빠르게 전진하고 있
었다. 예정 시간보다 좀 앞서 있었는데, 바람이 남쪽에서 북
쪽으로 바뀌어 불면서 비행에 유리한 기류를 만들어 주었
기 때문이다.

"기상전보를 가져다주게."

공항마다 맑은 날씨와 푸른 하늘, 순풍으로 으스대고 있
었다. 황금빛 노을이 아메리카 대륙을 물들였다. 리비에르
는 순조로운 진행 상황이 만족스러웠다. 지금 파타고니아
우편기는 어딘가에서 한밤중의 모험을 겪으며 험로를 항해
하고 있겠지만 조건은 최상이었다.

리비에르는 장부를 밀어놓았다.

"됐어요."

그리고 세계의 절반을 감시하는 밤의 파수꾼으로서 업
무를 점검하기 위해 밖으로 나왔다. 그는 열린 창문 앞에서
멈춰 밤을 맞이하고 있었다. 부에노스아이레스를 감싸고
있던 밤은 교회당의 거대한 홀처럼 아메리카 대륙을 안고

있었다. 그는 그 웅장함에 놀라지 않았다. 칠레의 산티아고 하늘은 낯설지만, 일단 우편기가 산티아고를 향해 움직이면 항로의 한 끝에서 다른 끝까지 동일한 깊이의 궁륭 아래를 비행하게 된다. 지금 무선국의 수신자들은 또다른 우편기의 소리에 귀를 기울이고 있다. 그리고 파타고니아의 어부들은 그 우편기의 측면 불빛의 반짝임을 보고 있을 것이다. 비행중인 우편기에 대한 근심이 리비에르를 짓누를 때, 그것은 또한 엔진의 굉음소리와 함께 여러 도시와 지방을 짓누르고 있는 것이다.

구름이 갇혀 다행스러운 이 밤에 기대어 리비에르는 혼란스러웠던 밤들을 기억해냈다. 비행기가 위험에 처해 있었지만 구조가 어려웠던 밤들을. 부에노스아이레스의 무선국에서는 뇌우 소리에 갇혀버린 비행기의 신음을 추적하고 있었다. 그 귀중한 음파는 둔탁한 잡음 아래로 사라져버렸다. 밤의 장막을 향해 눈먼 화살처럼 내던져진 우편기의 암울한 노랫소리는 얼마나 괴롭던지!

리비에르는 철야 근무시 감독관이 있어야 할 자리는 사무실이라고 생각했다.

"로비노를 찾아오게."

로비노는 한 명의 조종사를 자기 친구로 만들려던 참이었다. 그는 호텔에서 조종사가 보고있는 가운데 자신의 가방을 풀어 제치며 감독관도 다른 사람과 별다를 게 없다는 것을 보여주듯 자잘한 물건들을 꺼냈다. 안목이 형편없는 와이셔츠 댓 벌과 세면도구 그리고 야윈 여인의 사진. 감독관은 그 사진을 벽에 붙였다. 그런 식으로 그는 펠르랭에게 자신의 애정과 욕구와 회한에 대해 소박한 고백을 한 셈이었다. 자신의 보물을 아무렇지도 않게 늘어놓던 그는 조종사에게 자신의 참담한 상태를 펼쳐 보였다. 정신적인 습진. 그는 자신의 감옥을 드러내 보였던 것이다.

대부분의 사람들처럼 로비노 역시 작은 희망 한줌은 지니고 있었다. 그는 가방 밑바닥에서 조그만 주머니를 조심스럽게 꺼내면서 마음에 안정이 오는 것을 느꼈다. 그는 한동안 아무 말 없이 그것을 만지작거렸다. 그러더니 마침내 두 손을 풀며 말했다.

"이건 사하라에서 가져온 겁니다."

감독관은 순간 얼굴을 붉혔다. 그것은 용기를 내어 속내를 선뜻 털어놓았다는 사실 때문이다. 그는 신비를 향해 문을 열어주던 이 작고 거무스름한 돌멩이들에게서 자신의 실패와 불행한 결혼 생활과 그 모든 무미건조한 진실을 위로받았다.

그는 얼굴을 좀 더 붉히며 말했다.

"똑같은 게 브라질에도 있죠."

펠르랭은 전설 속의 아틀란티스를 그리고 있는 감독관의 어깨를 툭 건드리며 조심스럽게 물었다.

"지질학을 좋아하세요?"

"내 열정의 대상이죠."

인생에서 오직 돌의 존재만이 그에게 온전한 안정을 선사했다.

로비노는 자신을 호출하는 전화가 오자 서운한 생각이 들었지만 곧 의연해졌다.

"가 봐야겠어요. 리비에르 씨가 뭔가 중대한 결정 때문에 저를 찾는군요."

로비노가 사무실에 들어섰을 때 리비에르는 회사의 항로가 붉은색으로 그려진 벽면의 지도 앞에서 생각에 잠겨 있었다. 로비노가 사무실에 들어왔지만 리비에르는 아무런 반응이 없었다. 로비노는 그의 눈치를 살피며 명령을 기다렸다. 한참 시간이 지난 후에야 리비에르는 고개를 돌리지도 않은 채 그에게 물었다.

"로비노, 이 지도에 대해 어떻게 생각하나?"

이따금 그는 몽상에서 깨어나 수수께끼 같은 질문을 던졌다.

"소장님, 이 지도는……"

사실 감독관은 그것에 대해 아무 생각이 없었다. 하지만 진지한 태도로 지도의 유럽과 아메리카를 대강 살펴보았다. 리비에르는 아무 대꾸도 하지 않은 채 자신의 상념을 이어 갔다. '이 항로는 아름답지만 너무 가혹해. 우리에게서 많은 사람들, 수많은 젊은이들을 앗아갔으니. 비록 확립된 권위로 인정받고는 있지만, 얼마나 많은 문제를 일으키는가!' 그러나 리비에르에게 최우선인 것은 무엇보다도 확실한 목표였다.

그 옆에서 여전히 자기 앞의 지도에 시선을 주고 있던 로비노는 기운을 조금씩 회복했다. 그는 리비에르에게서 어떤 동정심도 기대하지 않았다. 한번은 자신의 인생을 망친 우스꽝스러운 신체적 결함을 고백하면서까지 그런 기회를 얻어보려고 한 적이 있었다. 리비에르는 그런 그에게 농담으로 대꾸했다.

"그것 때문에 잠을 못 잔다면, 그 덕분에 일은 더 많이 할 수 있을 걸세."

그것은 뼈 있는 농담이었다. 리비에르는 언제나 곧잘 이런 식으로 말했다.

"음악가의 불면증이 아름다운 곡을 만들어낸다면, 그건 보람 있는 불면증일 테지."

언젠가 그는 르루를 가리키며 로비노에게 말했다.

"저것 좀 보게, 얼마나 멋진가. 사랑을 물리쳐버리는 저 추한 모습 말일세……."

리비에르의 생각에 따르면 르루의 위대함은 그의 볼품없는 외모에 있는지도 모른다. 자신의 삶을 오로지 일에만 몰두하게 만들고 있으니.

"펠르랭과 많이 친해졌소?"

"그게……."

"비난하려는 게 아닐세."

리비에르는 몸을 반쯤 돌려 고개를 숙이고 천천히 걸으면서 로비노를 이끌었다. 그의 입에 서글픈 미소가 지어졌다. 로비노는 이해할 수 없었다.

"단지…… 자네는 상관이란 말일세."

"그렇죠."

로비노가 대답했다. 그러니까 리비에르는 매일 밤 하늘에서 하나의 행동이 드라마처럼 서로 얽혀 벌어진다고 생각했다. 의지의 굴절은 실패로 이어질 것이고, 그러면 그날 하루 지상에서는 더 많은 고생을 해야 할 것이다.

"자네는 자네 역할에 충실해야 하네."

리비에르는 자신의 말에 힘을 얹었다.

"어쩌면 내일 밤에라도 자네는 그 조종사에게 위험한 출발 명령을 내려야 할지 모르네. 그리고 그는 복종해야지."

"그렇죠……."

"자네는 사람들의 목숨, 자네보다 더 가치 있는 사람들의 목숨을 좌지우지하고 있어."

그는 주저하는 듯했지만 이내 말을 이어나갔다.

"그건 아주 중대하기 이를 데 없는 일이지."

리비에르는 여전히 좁은 보폭으로 걷고 있었다.

"조종사들이 우정 때문에 자네에게 복종하게 된다면, 자네는 그들을 속이는 게 되지. 자네에게는 그 어떤 희생도 요구할 권리가 없으니까."

"그렇죠, 물론이죠."

"그리고 그들이 자네의 우정을 빌미로 하기 싫은 어떤 고역을 면제받을 거라고 생각한다면 자네는 또 그들을 속이는 걸세. 그들은 복종해야 하니까. 자, 거기 앉게."

리비에르는 부드러운 손길로 로비노를 자기 책상 쪽으로 밀어 앉혔다.

"로비노, 자네를 제 위치로 돌려놓겠네. 자네가 지칠 때 자네를 잡아줄 사람은 그들이 아니야. 자네의 나약함은 어리석어. 자네는 상관이란 말일세. 자 받아 적게."

"저는⋯⋯."

"받아 적으라고. '감독관 로비노는 이러저러한 이유로 조종사 펠르랭에게 이러저러한 처벌을 내림.' 이유는 아무거나 찾아보게."

"하지만 소장님!"

"로비노, 내 말을 이해했다면 그렇게 하게. 자네가 명령을 내리는 사람을 사랑하게. 하지만 사랑한다는 말은 절대 하지 말아야 해."

로비노는 다시금 열정적으로 프로펠러 회전축 청소를 명령하게 될 것이다. 그때 무선국에서 비상 착륙 소식이 전해졌다.

"비행기 보임. 감속하고 착륙 예정이라는 신호 받음."

적어도 삼십 분은 지나야 할 것이다. 리비에르는 고속 열차가 선로 위에 서 있을 때, 시간이 지나도 들판을 벗어나지 못할 때의 그 답답함을 알고 있다. 시계의 큰 바늘은 이제 죽은 공간을 넓히고 있다. 벌어진 그 시곗바늘 안에 수많은 사건들이 메워질 것이다. 리비에르는 기다림을 줄여 보려고 밖으로 나갔다. 밤은 배우 없는 무대처럼 텅 빈 듯했다. '이런 밤을 놓쳐버리는구나!' 그는 창문을 통해 별들이 가득한 구름 걷힌 하늘, 신성한 항공표지, 그렇게 탕진해버린 밤에 떠 있는 노란 달을 안타까운 마음으로 바라보았다.

하지만 비행기가 이륙하는 순간, 그 밤은 더욱더 감동적이고 아름다웠다. 밤은 자기 어깨에 생명을 지고 있었다. 리비에르는 그 생명을 보살폈다.

"날씨는 어떤가?"

그는 승무원에게 무선을 쳤다.

십 초 후 답신이 왔다.

"쾌청."

곧이어 조종사가 통과한 몇 개의 도시 이름이 전해졌다. 리비에르에게 그것은 그날 밤의 전투에서 함락시킨 도시들의 이름이었다.

7

한 시간 후, 파타고니아 우편기의 무선기사는 자신의 어깨가 부드럽게 위로 들리는 것을 느꼈다. 주위를 둘러보았으나 짙은 구름에 별들의 반짝임은 다 수그러든 뒤였다. 그는 땅 쪽으로 몸을 숙여보았다. 풀밭에 숨어 빛을 발하는 벌레들처럼 가려워진 마을의 불빛들을 찾아보았으나 그 어두운 풀밭에서도 반짝이는 것은 아무것도 없었다.

그는 그날 밤의 고난을 예상하고 침울해졌다. 전진과 후퇴를 거듭하며 이미 확보한 영토를 되돌려주어야 했다. 그는 조종사의 전술을 이해하지 못했다. 더 멀리 가다가는 밤의 두터운 장벽에 부딪힐 것만 같았다. 지금 그는 지평선 가까이에서 반짝거리는 불빛 같은 무언가를 발견했다. 무선기사가 파비앵의 어깨를 툭 쳤으나 그는 꼼짝도 하지 않왔다.

뇌우의 돌풍이 비행기를 공격했다. 비틀거리는 금속 덩어리는 무선기사의 몸을 짓누르는 듯하다가 곧 잠잠해졌다. 어둠 속에서 그는 몇 초 동안 홀로 부유했다. 이내 그는 강철 버팀대를 두 손으로 움켜쥐었다.

조종석의 붉은 전구 외에는 아무것도 식별할 수 없었다. 그는 아무 도움 없이 오직 그 작은 불빛에 기대어 밤의 한복판으로 하강하는 느낌에 전율을 느꼈다. 방해될 것이 두려워 조종사가 어떠한 결정을 내릴 것인지 물어볼 수도 없었다. 강철 버팀대를 두 손으로 꽉 붙잡고 조종사 쪽으로 몸을 기울이고는 그의 어두운 목덜미만 바라보았다.

움직이지 않는 머리와 그 어깨만이 그 모습을 희미하게 드러냈다. 그의 몸은 어두운 덩어리에 불과했다. 번개가 칠 때마다 뇌우를 마주하고 있는 얼굴은 그 빛에 씻길 것이다. 하지만 무선기사는 아무것도 볼 수 없었다. 폭풍에 맞서기 위해 얼굴에 나타나는 모든 감정, 불안한 표정이나 의지, 분노 같은 것들, 창백한 얼굴과 짧은 섬광 사이에서 오가는 것들이 보이지 않았다. 그렇지만 무선기사는 움직이지 않는 그림자 안에서 집적된 힘을 알 수 있었고 그것을 사랑했다. 아마도 그 힘이 그를 뇌우로 몰아가겠지만 동시에 그를 보호해줄 것이다. 조종간을 꽉 잡고 있는 두 손은 짐승의 목덜미를 조르듯 벌써 폭풍을 짓누르고 있었다. 힘이 잔뜩 들어간 두 어깨는 미동도 하지 않았지만 그 안에 내재된 힘은 충분히 느낄 수 있었다.

어쨌거나 모든 책임은 조종사에게 있다고 무선기사는 생각했다. 그래서 이제 화염 속으로 뛰어드는 말의 안장에 앉아서, 자기 앞에 있는 이 우울한 형체의 인간이 질료와 중력으로 표현해내고 있는 것, 그 형체가 지속적으로 표현해내고 있는 것을 음미했다. 왼쪽에서 명멸하는 등대처럼 어렴풋이 새로운 불씨가 빛을 보였다. 무선기사는 그 사실을 알려주려고 몸을 움직여 파비앵의 어깨를 건드렸다. 파비앵은 천천히 고개를 돌려 몇 초 동안 새로운 적을 마주보는 자세를 취하더니 서서히 원래의 위치로 되돌아갔다. 가죽 의자에 목덜미를 기댄 채로 그의 어깨는 여전히 아무런 미동도 없었다.

8

리비에르는 다시금 찾아온 불안을 달래 보려고 밖으로
나와 걷기 시작했다. 오직 행동을, 그것도 극(劇)적인 행동
을 살아온 그는 자리를 옮겨 사(私)적인 자신이 되어버리자
묘한 기분이 되었다. 그는 작은 도시의 소시민들이 음악당
주변에 있을 때, 겉으로 보기에 평온한 삶을 사는 듯하지만,
가끔은 그들도 무거운 극을 겪어낸다고 생각했다. 질병이
나 죽음 그리고 어쩌면, 자신이 겪고 있는 고통이 많은 것
을 배우게 해주었을 것이다. 그렇게 해서 '세상을 보는 눈'
이 트이는 것이라는 생각이 들었다.

밤 열한 시가 다 되어 그는 한결 가벼워진 마음으로 발
길을 사무실 쪽으로 돌렸다. 극장 입구에 줄지어 서 있는
사람들 사이를 지나오며 문득 하늘의 별들을 쳐다보았다.

번쩍이는 광고판 불빛 때문에 좁은 도로를 비추고 있는 별 빛은 거의 보이지 않았다. '나는 오늘 밤 우편기 두 대가 날고 있는 저 하늘 전체에 책임이 있다. 저 별은 사람들 속에서 나를 찾고 또 찾아내는 신호. 그래서 나는 조금의 외로움과 약간의 고독함을 느끼고 있는 것이다.' 그의 머릿속에 음악 한 소절이 떠올랐다. 그것은 어제 친구들과 함께 들은 소나타였다. 비록, 친구들은 음악을 이해하지 못했지만.

"이런 음악은 지루해, 자네도 지루할 테지만 그 사실을 숨기고 있을 뿐이지."

"그럴지도 몰라."

그는 그때에도 자신이 오늘 밤처럼 검고 외롭다고 느꼈다. 하지만 그는 곧 그러한 고독의 풍요로움을 발견하기도 했다. 그 음악의 메시지는 평범한 사람들 중에서 오직 그에게만 은밀한 부드러움으로 다가왔다. 별의 신호도 그랬다. 수많은 사람들 너머로 오직 그만이 알아들을 수 있는 소리로 그에게 말하고 있었다.

그는 보도에서 누군가에게 떠밀렸다. 그는 생각했다. '나는 화내지 않을 것이다. 나는 사람들 사이에서 종종걸음 치는, 아픈 아이의 아버지와 같다. 그 아버지의 마음속에는 집 안의 큰 침묵이 자리하고 있다.' 그는 군중에게로 시선을 돌렸다. 그들 중에서 창의력이나 사랑 때문에 종종걸음 치는 이들을 찾아보려고 했던 것이다. 그리고 그는 등대지기의 고독을 떠올렸다.

리비에르는 사무실의 정적이 좋았다. 사무실들을 하나하나 가로지를 때마다 그 정적을 깨뜨리는 것은 그의 발소리 뿐이었다. 타자기들은 덮개를 쓴 채 잠들어 있었고, 서류들이 정렬되어 있는 커다란 수납장은 잠겨 있었다. 십 년 동안의 경험과 작업 기록들, 그는 풍부한 자산을 보유한 은행의 지하 금고를 방문한 느낌이 들었다. 그 기록 하나하나가 황금보다 더 귀한 것이었으며 살아 있는 힘이었다. 살아 있지만 은행 금고 안의 황금처럼 잠들어 있는 힘.

어디선가 당직 직원과 만나게 될 것이다. 어느 곳에서든 삶이 계속되고, 의지가 지속되도록, 그리하여 툴루즈에서 부에노스아이레스에 이르는 매 기항지마다 연계가 이어지도록. 누군가 한 사람은 그런 일을 하고 있는 것이다. 비록 그 직원은 자신의 위대함을 알지 못한다 해도, 그는 그런 일에 임하고 있다.

우편기들은 어디에선가 사투를 벌이고 있다. 야간 비행은 밤새 돌봐야 하는 열병처럼 지속된다. 손과 무릎, 가슴과 가슴을 맞대고 어둠과 싸우는 사람들, 눈에 보이진 않지만 무언가 움직이고 있다는 것 외엔 아무것도 모르는 그 사람들, 마치 바다에서 기어 나오듯 팔 힘만으로 그곳을 빠져나와야 하는 그들을 지켜주어야 했다. 그러다 보면 이따금 끔찍한 고백을 듣기도 한다.

"나는 내 두 손이라도 보기 위해 그것을 불빛에 비춰보았어요."

사진사의 붉은 현상액 속에서 유일하게 드러난 부드러운 두 손. 세상에 아직 남아 있는 그것, 구해내야 하는 바로 그것이었다.

리비에르는 사업부 사무실 문을 열었다. 램프 하나가 사무실 한구석을 밝히고 있었으며 타자기 한 대의 소리만이 그곳의 정적에 의미를 부여하고 있었다. 가끔씩 전화벨이 울렸다. 그러면 당직 직원은 집요하고 슬프게 울어대는 전화기 쪽으로 갔다. 수화기를 들자 보이지 않는 불안이 진정되었다. 아주 온화한 대화가 어둠의 한구석에서 이어졌다. 직원은 무료정하게 제자리로 돌아갔고, 그의 얼굴은 고독과 졸음과 이해할 수 없는 비밀 속에 파묻혔다.

한밤중에 우편기 두 대가 비행 중일 때, 외부에서 걸려오는 전화는 얼마나 위협적인가! 리비에르는 저녁 불빛 아래 모인 가족들을 놀라게 하는 전보를 들었다. 그리고 거의 영원과도 같은 그 몇 초 동안, 아버지의 얼굴에는 비밀로 남게 될 그 불행에 대해 생각했다. 처음에 그것은 비명과는 거리가 먼, 아주 고요하고 힘없는 전파였다. 그리고 그는 매번 그 조심스러운 벨소리에서 희미한 불행의 메아리를 들었다. 직원은 전화벨이 울릴 때마다 고독하게 두 개의 바다 사이를 헤엄치듯 천천히 움직였고, 물속에서 잠수부가 솟아오르듯 어둠으로부터 불빛을 향해 되돌아왔다. 리비에르에게는 그런 그의 움직임에 묵직한 비밀이 얹혀 있는 것처럼 보였다.

"그냥 있게, 내가 받지."

리비에르는 수화기를 들고 저쪽 세상의 잡음을 들었다.

"리비에르입니다."

희미한 목소리가 소음 뒤에서 들려왔다.

"무선국을 바꿔드리죠."

다시 소음. 전화교환기의 핀이 내는 소음이 들린 후 또 다른 목소리.

"무선국입니다. 도착한 전보 내용을 전달하겠습니다."

리비에르는 그것을 받아 적으면서 고개를 끄덕였다.

"좋아요. 알았소."

일상적인 근무 내용에 관한 것일 뿐, 특별한 내용은 없었다. 리우데자네이루에서는 몇 가지 정보를 요구했고, 몬테비데오에서는 기상에 대해, 멘도사에서는 물자에 대해 이야기했다.

"우편기들은 어떤가?"

"뇌우가 심해 저희도 비행기의 통신은 듣지 못했습니다."

"알겠네."

이곳은 맑은 밤하늘에 별이 빛나고 있지만, 무선기사들은 그 밤 속에서 먼 곳의 뇌성을 간파해내고 있다고 그는 생각했다.

"그럼, 또 연락합시다."

자리에서 일어나는 리비에르에게 직원이 다가왔다.

"소장님, 결재하실 업무 일지입니다."

"알겠네."

리비에르는 밤의 무게를 책임지고 있는 또 한 사람의 동료에게 진한 우정을 느끼며 속으로 생각에 잠겼다.

'전우인 셈이지. 이렇게 같이 밤을 새우는 일이 우리를 얼마나 끈끈하게 연결해 주는지 아마 모를 것이다.'

9

처리할 서류를 갖고 자신의 사무실로 돌아온 리비에르는 오른쪽 옆구리에 격심한 통증을 느꼈다. 몇 주 전부터 그를 괴롭혀온 것이었다. '뭔가 좋지 않아……' 그는 잠시 벽에 몸을 기댔다. '한심한 일이야.' 그러고 나서 의자에 앉았다. 그는 자신이 결박당한 늙은 사자 같다고 느끼면서 커다란 슬픔에 휩싸였다.

'겨우 이렇게 되려고 그토록 열심히 일을 했나! 내 나이 오십. 오십 년 동안 나를 단련하고, 투쟁하고, 삶을 채우고, 사태의 흐름을 바꿔왔는데, 이제 이까짓 통증이 내 몸을 사로잡고 마음을 쓰게 하여 이것이 세상에서 가장 중요한 일인 양 몰아가다니, 정말 한심한 일이야.'

그는 잠시 그대로 있다가 통증이 가라앉은 후 땀을 닦고 일을 시작했다. 업무 일지를 천천히 읽어보았다.

'부에노스아이레스에서 301호 엔진 해체 과정에서 확인된 바로는(…) 책임자에게 중징계를 내릴 것입니다.' 그는 서명을 했다.

'플로리아노폴리스 비행장은 지침을 위반했으므로……' 또 서명을 했다.

'규율에 따른 적절한 조치로 비행장 주임 리사르를 전근시키기로.' 그는 서명했다.

옆구리 통증이 조금은 가라앉았지만 여전히 그의 몸 안에 자리 잡고 있었다. 통증은 또 다른 삶의 의미처럼 다가와 자신의 존재를 새삼스레 확인시켰다. 쏠쏠해지는 느낌이 더 진해졌다.

'나는 정당한가 아니면 부당한가? 그건 알 수 없다. 확실한 건 내가 까다롭게 굴면 사고가 줄어든다는 것이다. 책임은 사람에게 있지 않다. 그것은 모두를 건드리지 못하면 결코 누구에게도 미치지 못할 모호한 힘 같은 것이다. 내가 아주 정당하다면 야간 비행은 매번 죽음의 기회가 될 것이다.'

그는 너무나 엄격하게 이 일을 해왔다는 사실에 피곤을 느꼈다. 연민은 좋은 감정이란 생각이 들었다. 그는 생각에 잠긴 채 계속해서 일지를 들춰보았다.

'로블레는 오늘부터 우리 회사 직원이 아님.'

그는 그 선량한 노인을 떠올렸고, 그날 저녁 그와의 대화를 기억해냈다.

"하나의 사례일세, 본보기라고."

"하지만 소장님, 한 번만, 한 번만 봐주세요. 평생을 일했습니다."

"본보기가 필요하네."

"하지만 소장님! 이걸 보세요, 소장님!"

로블레는 낡은 지갑을 꺼내 젊은 시절 그가 비행기 옆에 서서 포즈를 취하고 있는 오래된 신문 조각을 보여주었다. 리비에르는 로블레의 늙은 두 손이 그 순박한 영광 위에서 부들부들 떨고 있는 것을 보았다.

"1910년의 사진입니다. 소장님, 이곳에서 최초의 아르헨티나선 비행기를 조립한 자가 바로 접니다! 1910년 이래 줄곧 비행기 조립을 해왔어요. 소장님, 이십 년이나 됐습니다! 그런데 어찌 그런 말씀을 아무렇지도 않게 하실 수 있어요! 그리고 젊은이들이 작업장에서 얼마나 웃어대겠어요. 아마도 몹시 비웃을 겁니다!"

"상관없네 그건."

"제 자식들은요? 저에겐 아이들이 있어요!"

"잡역부 일을 제공하겠다고 하지 않았나."

"제 체면은요. 소장님, 체면 말입니다! 이보세요, 이십 년간 비행기를 조립해온 저 같은 늙은 직공을……."

"잡역부 일을 하게."

"하지 않겠습니다. 사양하겠어요!"

그의 늙은 두 손이 떨렸다. 리비에르는 쭈글쭈글하고 두텁지만 아름다운 그 살갗을 외면했다.

"잡역부 일을 해."

"아니, 소장님. 할 수 없습니다. 제 말을 더 들어주세요."

"그렇다면, 이제 그만 가보게."

리비에르는 생각했다. '내가 이렇게 거칠게 내쫓는 것은 그가 아니다. 그에게는 책임이 없을지 모르지만, 어쨌든 그 일은 그를 통해서 일어났다. 사람들이 사건을 명령하고, 사건은 그 명령에 복종한다. 그러므로 사건을 만드는 것은 사람이다. 인간은 가련한 상황에 처해 있지만, 그것 역시 인간이 만들어내는 것이다. 때문에 어떤 잘못이 사람을 통해 나타나면 그 사람을 피하게 된다.'

"아직 드릴 말씀이 있어요."

가엾은 노인은 무슨 말을 하고 싶었을까? 자신의 삶에서 위대한 시를 앗아갔다고? 비행기의 강철 위에서 들리는 자신의 연장 소리를 좋아한다고? 자신의 오래된 기쁨을 빼앗겼다고? 이제 무얼 하며 살아가야 하냐고?

'너무 지쳤어.' 리비에르는 온몸에 열이 오르는 것을 느꼈다. 그는 서류를 뒤적이며 생각했다. '나는 이 늙은 동료의 얼굴을 아주 좋아했는데.' 그리고 그는 다시 노인의 손을 떠올렸다. 두 손을 맞잡으려던 그 희미한 움직임이 생각났다. '알았네, 좋아. 그냥 남아 있게.'라는 한마디면 충분했을 것이다. 리비에르는 노인의 늙은 두 손에 흘러내렸을 기쁨의 물결을 상상해보았다. 얼굴이 아니라 일꾼의 늙은 두 손이 표현하게 될 그 기쁨은 세상에서 가장 아름다운 것처럼 보였다. '이 서류를 찢어버릴까?' 그리고 노인의 가족과 그날 저녁의 귀가와 그의 소박한 자부심을 그려 보았다.

"계속해서 일할 수 있는 거예요?"

"그럼, 당연하지! 아르헨티나선 비행기를 최초로 조립한 사람이 바로 나라고!"

그리고 다시는 비웃지 않을 작업장의 젊은이들과 그가 다시 쟁취한 위엄에 대해서도.

'찢어버릴까?'

전화벨이 울리자 리비에르는 수화기를 들었다.

한동안 바람과 공간이 인간의 목소리에 실어온 그 깊은 울림이 들려왔다. 마침내 상대방이 말했다.

"여기는 비행장입니다. 누구십니까?"

"리비에르요."

"소장님, 650기가 활주로에 있습니다."

"알았네."

"모든 준비가 완료되었습니다. 접속에 결함이 있어서 마지막 순간에 전기회로를 재정비해야 했습니다."

"그랬군. 누가 회로를 조립했나?"

"확인해보겠습니다. 기내 전등 고장은 중대한 문제를 일으킬 수도 있으니 허락하신다면, 징계를 내리겠습니다."

"물론이지."

리비에르는 생각했다. '어디서든 잘못을 마주했을 때 뿌리 뽑지 않으면 이런 문제들이 발생하는 법이다. 우연히 발견된 잘못의 매개자를 못 본 체 넘겨버리는 것은 또 하나의 범죄다. 로블레는 마땅히 직책을 그만둬야 한다.'

아무것도 모르는 직원은 여전히 타자기 두드리는 일에 몰두하고 있었다.

"그게 뭔가?"

"보름치 회계입니다."

"왜 아직 준비가 안 됐지?"

"그게……."

"나중에 보세."

기세등등하게 벌어지는 사건들이 놀랍기만 하다. 어둡고 거대한 힘이 위용을 드러내는 것 같다. 원시림을 뒤흔들어 놓는 힘과 똑같다. 위대한 작품들 어디서나 자라나 저항하며 불쑥 솟아나는 그런 힘. 리비에르는 사원들을 붕괴시킨 작은 담쟁이들을 생각했다.

'위대한 과업……'

그는 마음을 다잡기 위해 다시 생각을 정리하였다.

'나는 그들을 사랑한다. 내가 싸우고 있는 것은 결코 그들이 아니다. 그들을 통해 일어나는 사건들과 싸우고 있는 것이다.'

그의 심장이 빠르게 뛰며 그를 고통스럽게 했다.

'내가 한 일이 잘한 일인지 모르겠다. 나는 삶의 정확한 정의나 슬픔을 모르며, 가치도 모른다. 나는 인간의 기쁨이 어떤 의미를 가지고 있는지 모른다. 연민도 모르고, 떨고 있는 손도 모르고, 온화함도 모른다.'

그는 생각에 잠겼다.

'삶은 모순 덩어리다. 사람들은 가능한 한 삶과 타협하려 한다. 하지만 영원히 지속되는 것, 창조하는 것, 썩어 없어질 육체를 무언가 바꾼다는 것은.'

리비에르는 잠시 생각에 잠겼다. 그리고 벨을 눌렀다.

"유럽선 우편기 조종사에게 전화하게. 출발 전에 나를 보고 가도록."

그는 생각했다.

'비행기가 쓸데없이 되돌아오지 않도록 해야 한다. 내가 부하 직원들을 흔들어대지 않으면 그들은 영원히 밤을 두려워 할 것이다.'

10

전화 소리에 잠이 깬 조종사의 아내는 남편을 바라보며 생각했다.

'좀 더 자도록 해야지.' 아내는 유선형 모양의 벗은 남편의 가슴을 보며 멋진 배 한 척을 떠올렸다. 그는 고요한 항구의 배처럼 이 평온한 침대에 누워 있는 남편의 잠이 아무것에게도 방해받지 않도록, 그녀는 신의 손이 바다를 잠재우듯이 침대의 주름과 그림자의 물결을 지워 판판하게 했다.

그녀는 자리에서 일어나 창문을 열고 바람을 맞아들였다. 저 멀리 부에노스아이레스의 야경이 펼쳐져 있었다. 즐거운 휴식시간을 맞아 춤을 추고 있는 옆집에서는 음악 소리가 들려왔다. 이 도시는 10만 개나 되는 요새 안에 사람들을 채우고 있었다. 모든 것이 고요하고 안전했다. 하지만 곧 누군가 '전투 개시'를 외치면 오직 한 사람, 그녀의 남편만이 벌떡 일어날 것만 같았다. 그는 여전히 자고 있었지만, 그의 휴식은 곧 공격에 나설 두려운 휴식이었다. 잠들어 있는 이 도시는 결코 그를 보호해주지 않는다. 젊은 그가 신처럼 먼지를 일으키며 하늘로 치솟아 오를 때, 도시의 불빛은 허망해 보일 것이다.

그녀는 그의 단단한 팔을 보았다. 한 시간 후면 한 도시의 운명과도 같은 중요한 무엇인가를 책임진 그 팔이 유럽선 우편기의 운명을 걸머질 것이다. 그녀는 혼란스러웠다.

'수많은 사람들 중에 이 사람만이 그 기이한 희생을 위해 준비하고 있어.'

그런 생각에 그녀는 우울해졌다. 그는 그녀의 온화한 품에서 빠져나갈 것이다. 그녀가 그를 보살피고 먹이고 보듬어 준 것은 그녀 자신을 위해서가 아니라 이제 곧 그를 앗아갈 이 밤을 위해서였다. 아무것도 알 수 없는 이 전투와 불안과 승리를 위해서 말이다. 그의 다정한 손은 길들여졌을 뿐이고, 그 손이 해내는 진정한 일을 그녀로서는 알 길이 없었다. 그녀는 이 남자의 미소와 조심성을 알고 있지만,

뇌우 속에서 빛날 그의 신성한 분노는 알지 못한다. 그녀는 꽃이나 음악이나 사랑 같은 부드러운 끈들로 그를 묶어놓았지만, 출발 시간이 되면 그러한 줄들은 끊어져나갈 것이고, 심지어 그는 그것을 괴로워하지도 않는 듯했다. 이내 남편은 눈을 떴다.

"몇 시야?"

"자정이야."

"날씨는 어때?"

"모르겠어."

그는 자리에서 일어나 기지개를 켜면서 서서히 창문 쪽으로 발걸음을 옮겼다.

"날이 아주 춥지는 않겠군. 바람의 방향은 어때?"

"그걸 내가 어떻게 알겠어."

그는 몸을 숙였다.

"남쪽이네, 아주 좋아. 적어도 브라질까지 이어지겠어."

그는 달을 바라보며 자신이 풍요로워지는 느낌이 들었다. 도시를 내려다보았다.

그는 도시가 덥다거나 부드럽다거나 찬란하다거나 하는

생각은 들지 않았다.

그에게는 이미 도시의 불빛이 허망한 모래처럼 휩쓸려 가는 것이 보였다.

"무슨 생각을 해?"

그는 포르투알레그레 근처에 안개가 낄 것 같다는 생각을 하고 있었다.

'음, 어디로 돌아가야 할지 알겠어. 나만의 전략이 있어.'

그는 여전히 창밖으로 몸을 숙인 자세로 바다에 뛰어들기 직전의 사람처럼 숨을 깊이 들이쉬었다.

"슬퍼하지도 않네…… 며칠이나 걸려?"

일주일이나 열흘. 그는 알 수 없었다. 슬퍼하다니, 왜 슬퍼하나? 그 벌판들, 그 산들, 그 도시들. 그는 그것들을 정복하러 자유롭게 떠나는 듯했다. 그리고 한 시간도 안 되어 부에노스아이레스를 정복하고 다시 내버리게 되리라는 생각도 했다. 그는 미소를 지었다.

'밤에 떠나는 일은 아름답다. 이제 이 도시에서 곧 아주 멀어질 것이다. 남쪽을 향해 엔진 레버를 잡아당기면 십 초도 안 되어 풍경은 뒤바뀌고, 북쪽을 향해 날게 되지. 그러

면 도시는 깊은 바다일 뿐이다.'

그녀는 정복을 위해 그가 내던져버려야 하는 모든 것을 생각했다.

"당신은 집을 좋아하지 않아?"

"집이 좋지."

하지만 그녀는 그가 벌써 길을 떠나고 있음을 느꼈다. 그의 넓은 어깨는 이미 하늘을 등지고 있었다. 그녀는 그에게 하늘을 가리키며 말했다.

"날씨가 좋네, 항로에는 별들도 총총하고."

그가 웃었다.

"그래."

그녀는 그의 어깨에 손을 얹고는 따스하고 단단한 느낌에 가슴이 뭉클했다. 그러나 이 육체가 위협을 당한다면?

"당신은 아주 강인해. 하지만 조심해."

"물론 조심해야지."

그는 또 웃었다. 그리고 또 한 번의 축제를 위해 가장 거친 천으로 된 옷과 가장 무거운 가죽옷을 골라 농부처럼 차려 입었다. 점점 더 묵직해지는 그의 모습을 그녀는 감탄하듯 바라보았다. 그녀는 손수 벨트를 매어주고, 부츠를 신겨 주었다.

"이 부츠는 불편하군."

"여기 다른 거 있어."

"비상등에 달 끈 좀 찾아줘."

그녀는 그의 모습을 바라보았다. 그리고 완전무장한 그의 옷매무새를 만지며 완벽한 갖춤을 확인하였다.

"멋져."

그녀는 반듯하게 머리를 빗는 그의 모습을 감탄하듯 바라보았다.

"별들을 위한 치장이야?"

"내가 늙었다는 느낌을 갖지 않으려는 거야."

"질투가 나네……."

그는 또다시 웃고는 그녀에게 키스를 하며 두꺼운 옷을 입은 채 꼭 껴안았다. 그런 다음 여전히 미소를 지으며 팽팽한 두 팔로 그녀를 어린아이를 안듯 번쩍 들어 올려 침대에 눕혔다.

"한숨 더 자!"

그는 문을 닫고 거리로 나섰다. 한밤의 낯선 인파 속에서 정복을 위한 첫발을 내디뎠다. 그녀는 침대에 누운 채 이제 남편에게는 깊은 바다에 불과한 온기와 꽃들과 책들을 서글프게 둘러보았다.

11

리비에르가 그를 맞이했다.

"자네 지난번 비행에서 실수를 했더군. 기상 상태가 좋아 그냥 통과해도 될 것을 되돌아왔어. 겁이 났나?"

갑작스런 질문에 조종사는 입을 다물었다. 그는 천천히 두 손을 마주 비비며 고개를 들어 리비에르를 똑바로 쳐다봤다.

"네."

리비에르는 그렇게 용감한 남자가 겁을 먹었다는 사실에 마음속 깊이 연민을 느꼈다. 조종사는 변명을 하고 있었다.

"아무것도 보이지 않았어요. 어쩌면 무선국의 말대로 더 멀리 갔더라면……. 하지만 조종석 램프가 흐려서 제 손조차 보이지 않았어요. 최소한 날개라도 보려고 위치등을 켜고 싶었지만 아무것도 볼 수 없었죠. 힘겨운 큰 구멍에 빠진 기분이었어요. 그때 엔진이 진동하기 시작했어요."

"아닐세."

"아니라고요?"

"아니야. 그 후에 우리가 엔진을 점검해보았지만 엔진은 아무 이상 없었어. 하지만 겁을 잔뜩 먹으면 엔진이 진동한다고 믿어버리게 되지."

"누구라도 겁이 났을 겁니다! 산들에 둘러싸인 상황이었으니까요. 고도를 잡으려고 했을 때 거센 회오리바람을 만났어요. 어둠에서 회오리바람이 불면 어떤지 아시잖아요. 올라가기는 커녕 100미터나 곤두박질 쳤어요. 자이로스코프도, 기압계도 아무것도 보이지 않았어요. 엔진 회전수가 떨어지고, 엔진이 가열되면서 오일 압력도 떨어지는 것 같았어요. 그 모든 게 어둠 속에서 마치 질병의 발작처럼 일어났어요. 불빛의 도시를 다시 보았을 때는 정말 기쁘기 이를 데 없었죠."

"자네 상상력이 지나치군. 나가보게."

조종사는 밖으로 나갔다.

리비에르는 안락의자에 몸을 파묻고 잿빛 머리칼을 손으로 쓸어내렸다.

'그는 내 부하 중에서 가장 용감하다. 그날 밤 그의 성공은 아주 훌륭했다. 하지만 나는 그의 두려움을 없애줘야 한다.'

그는 약해지려는 마음을 다시 한번 다잡았다.

'사랑받으려면 동정심만 가져도 된다. 하지만 나는 동정심이 거의 없거나 그런 마음을 감춘다. 그러면서도 인간적 온화함이나 우정이 나를 에워싸기를 몹시 바라고 있다. 의사는 자신의 직업에서 그런 우정과 온화함을 찾아내기도 한다. 하지만 내가 돌봐야 하는 것은 사건들이다. 사건들에 대처할 수 있도록 사람들을 단련시켜야 한다. 저녁마다 사무실에서 항로에 관한 서류를 마주하고 있으면 막연하게나마 그 법칙이 느껴진다. 아무렇게나 되라는 심정으로 내버려두거나, 잘 조정된 일이라고 그대로 진행되도록 방치해버리면, 희한하게도 사고는 바로 그 순간 터지는 것이다. 마치 오로지 나의 의지만이 태풍으로 인한 우편기의 지체나 비행기의 운행 중단을 막을 수 있다는 듯이 말이다. 이따금

나의 그런 힘에 놀라곤 한다.'

그는 또 생각에 잠겼다.

'그것은 어쩌면 당연한 일이다. 끊임없이 잔디를 다듬어야 하는 정원사의 노력이 그러하듯이, 그의 단순하고 쉼 없는 손놀림이 원시림을 준비하는 땅에서 잡초를 밀어내는 것이다.'

그는 조종사를 생각했다.

'나는 그를 두려움에서 구해주려 했던 것이다. 내가 공격한 것은 그가 아니다. 미지의 사태에 맞닥뜨렸을 때 사람을 마비시키는 압력, 그 두려움을 향해 공격한 것이다. 그의 이야기를 귀담아 들어주고, 그의 모험담을 진지하게 받아들이고, 그를 동정하면, 그는 자신이 신비의 세계에서 귀환했다고 믿어버릴 것이다. 허나 두려움의 근원은 바로 그 신비에 있다. 그는 어두운 우물 속으로 내려가야 하고 거기에서 다시 기어 올라와 그 안에 아무것도 없다는 말을 할 수 있어야한다. 그리고 밤의 가장 깊숙한 한복판으로, 손이나 비행기 날개만을 비춰 줄 뿐인 광부의 조그만 램프 따위도 없이, 그 두터운 어둠 속으로 내려가야 한다. 미지의 세계와 자신의 거리를 어깨 넓이만큼이나 가깝게 해야 하는 것이다.

그렇지만 리비에르와 조종사들은 그 투쟁 속에서 마음 깊숙이 무언의 우애로 서로 결속되어 있었다. 그들은 같은 배를 탄 사람들이었고, 정복에 대한 같은 욕망을 체험했던 것이다. 리비에르는 밤을 정복하기 위해 치러낸 또 다른 전투들을 기억해냈다.

정부 관료들은 그 어두운 영토를 미지의 오지처럼 두려워했다. 승무원을 밤이 품고 있는 뇌우와 안개를 향해 시속 200킬로미터로 비행하게 하는 일은 전투기에나 용인될 수 있는 모험으로 여겼던 것이다. 전투기는 맑은 날 밤에 폭격을 하고 회항한다. 그러나 정기적인 우편 비행은 밤에 실패할 수도 있다. 리비에르는 반박했다.

"그것은 우리에게 죽느냐 사느냐의 문제입니다. 우리는 낮 동안에 철도나 선박에 비해 앞섰던 것을 매일 밤 까먹기 때문이죠."

리비에르는 보험이나 예산 그리고 무엇보다 여론에 관한 이야기들을 걱정스럽게 들어왔다. 그는 이렇게 응수했다.

"여론은…… 주도하면 됩니다!"

그리고 생각했다.

'얼마나 많은 시간을 허비했던가! 이 모든 것에 앞서는 뭔가가, 무엇인가가 있다. 살아 있는 모든 것은 살아가기 위해 움직이며, 살아가기 위해 자기만의 법칙을 만들어낸다. 그것은 당연한 일이다.'

리비에르는 상업 항공이 언제 어떻게 야간 비행에 착수할지는 모르지만, 그에 대한 해결책을 준비해야 한다고 생각했다. 그는 회의가 열리던 장면을 회상했다. 책상 위에 주먹으로 턱을 괸 채 많은 사람들의 반박을 들어야만 했다. 그 반박들은 미리부터 받아들인 사망 선고처럼 허망하였다. 그리고 그는 자기 내부의 힘이 하나로 무겁게 응집되는 것을 느꼈다.

'나의 논리는 굳건하다. 나는 반드시 이길 것이다. 그것은 자연스러운 태도다.'

모든 위험을 피할 수 있는 완벽한 해결책을 요구 받았을 때 그는 다소 간결하게 대답했다.

"경험은 법칙을 만들어줍니다. 법칙은 결코 경험을 앞서지 못합니다."

리비에르는 마침내 오랜 논쟁 끝에 승리했다. 어떤 사람들은 '집요함, 곰 같은 추진력' 때문이라고 했고, 다른 이들은 '그의 신념' 때문이라고 했다. 그러나 그의 말에 따르면, 그것은 그가 '제대로 된 방향'으로 깊이 고려했기 때문이다.

하지만 초반에는 얼마나 신중했던가! 비행기는 해 뜨기 한 시간 전에 출발해야 했고, 해 지고 난 한 시간 내에 착륙해야 했다. 리비에르가 자신의 경험에 좀 더 확신이 생겼다고 판단했을 때에서야 비로소 비행기를 깊은 밤 속으로 날아가게 할 수 있었다. 그는 추종자도 없이 반박만 받으면서도 지금까지 고독한 싸움을 계속하고 있었다. 그는 비행 중인 우편기들이 보내온 최근 메시지들을 확인하려고 벨을 눌렀다.

12

그동안 파타고니아선 우편기는 폭풍에 다가갔다. 파비앵은 폭풍이 너무 넓게 퍼져 있다고 판단해 폭풍을 피해 우회하는 일을 포기했다. 내륙으로 번개 줄기가 파고들며 구름의 아성을 드러내고 있었다. 그는 폭풍의 아래로 지나가보려고 시도해본 후 상황이 좋지 않으면 되돌아갈 작정이었다.

살펴본 고도는 1,700미터였다. 조종간을 잡은 손에 힘을 주어 고도를 낮추었다. 엔진이 심하게 진동하며 기체도 흔들렸다. 파비앵은 어림잡아 하강 각도를 수정하고 구릉들의 높이가 500미터임을 지도를 보고 확인했다. 여유를 두기 위해서 700미터 고도로 비행해야 했다. 그는 거금을 걸고 도박을 하듯이 비행기의 고도를 낮췄다. 회오리바람에 휘감기며 기체가 심하게 흔들렸다. 눈에 보이지 않는 붕괴

사고의 위험을 느꼈다. 그는 비행기를 돌려 별들을 다시 보고 싶었지만 각도를 조금도 수정할 수 없었다. 다음 기항지인 트렐레우에서 하늘의 4분의 3이 구름에 덮여 있다는 신호가 왔다. 파비앵은 가능성을 계산해보았다. 국지적인 폭풍일 것이라는 예측을 할 수 있었다. 콘크리트처럼 단단한 어둠 속에서 이십 분 정도, 살아서 버티면 된다. 그러면서도 그는 초조했다. 바람이 몰아치는 왼쪽으로 몸을 기울이고 있던 그는 칠흑같이 캄캄한 밤에 떠돌아다니는 어렴풋한 섬광이 무엇인지 알아보려고 애를 썼다. 그러나 그것은 빛이 아니었다. 단지 짙은 어둠 속에서만 겨우 감지되는 농도의 변화이거나 피곤한 눈이 일으키는 착시 현상이었다.

파비앵은 무선기사가 건넨 쪽지를 펼쳤다.

'우리가 지금 어디에 있죠?'

파비앵은 그때 속으로 생각했다. 그걸 알아내기만 한다면야 어떤 대가라도 치를 것이라고.

"나도 몰라요. 나침반에 의존해 폭풍을 지나고 있어요."

그는 다시 몸을 숙였다. 불꽃 다발처럼 엔진에 매달려 있는 배기관 불빛이 거슬렸다. 하도 희미한 빛이라 달빛만으로도 사라져버리는데, 이 암흑 속에서는 눈에 보이는 세상을 온통 빨아들이고 있었다. 그는 불빛을 바라보았다. 그것은 횃불처럼 바람에 의해 거센 불꽃을 내뿜었다. 파비앵은 자이로스코프와 나침반을 확인하기 위해 삼십 초마다 계기판 속으로 고개를 들이밀었다. 조종석의 희미한 붉은 램프를 켜면 한참 동안이나 눈이 부셨기 때문에 켤 엄두가 나질 않았다. 다행히 라듐으로 된 모든 숫자판 기기들은 희미한 별처럼 빛을 발하고 있었다. 바늘과 숫자들로 이루어진 그곳에서 조종사는 헛된 안정을 느꼈다. 그것은 폭풍우 치는 바다 위, 작은 배 안의 선실에서 느끼는 안정감 같은 것이었다. 밤, 그리고 밤이 지닌 모든 것들, 바위와 표류물과 구름 같은 것들이 하나같이 놀라운 운명으로 비행기를 향해 몰아치고 있었다.

"지금 어디죠?"

무선기사가 재차 물었다.

생각에 잠겼던 파비앵은 다시 고개를 들고 왼쪽으로 몸을 기울여 곤혹스러운 감시를 시작했다. 이 어두운 속박에서 얼마나 많은 시간과 노력을 들여야 할지 알 수 없었다.

결코 벗어날 수 없을지도 모른다는 회의마저 들었다. 왜냐하면 그는 자신의 인생을 이 작고 구겨진 더러운 종이에 걸고 있었고, 희망의 불씨를 피워보려고 수없이 펼쳐 읽었던 것이다.

'트릴레우. 하늘의 4분의 3이 구름 낌. 약한 서풍.'

트릴레우. 하늘의 4분의 3 정도가 구름에 덮였다면, 구름의 틈새로 빛이 보일 것이다. 저 멀리 약속된 희미한 빛이 그를 계속 비행하게 했다. 하지만 의심이 가시지 않은 탓에 휘갈겨 쓴 종이를 무선기사에게 건넸다.

'통과할 수 있을지 모르겠음. 후방의 날씨 상황을 알려주기 바람.'

돌아온 답변은 당혹스러웠다.

'코모도로에서는 폭풍으로 인해 그곳으로의 귀환이 불가능하다는 기별.'

그는 안데스 산맥에서 바다를 향해 휘몰아치는 예사롭지 않은 폭풍의 공세를 짐작했다. 그가 도시에 닿기도 전에 태풍이 먼저 도시를 덮칠 것이다.

"산 안토니오의 날씨를 물어봐줘요."

"산 안토니오에서 답이 왔습니다. '서풍이 일고 태풍은 서쪽에 있음. 하늘은 완전히 구름에 덮임.' 산 안토니오에서는 잡음 때문에 아주 안 들린답니다. 저 역시 잘 안 들리고요. 방전때문에 곧 안테나를 감아 들여야 할 것 같습니다. 어떤 계획인지요? 되돌아갈 건가요?"

"가만히 좀 있어요. 바이아블랑카의 날씨나 물어봐줘요."

'바이아블랑카의 회답. 이십 분 안에 바이아블랑카 서쪽으로 격심한 폭풍 예상.'

"트렐레우의 날씨를 알아봐줘요."

'트렐레우의 회답. 서쪽에 초속 30미터의 폭풍과 폭우.'

"부에노스아이레스에 전달하시오. '사방이 막혀 있음, 폭풍이 1,000킬로미터로 펼쳐져 있음. 아무것도 보이지 않음. 어떻게 해야 합니까?'라고."

조종사에게는 항구(모든 항구는 접근 불가능으로 보였다.)로도 새벽으로도 데려가주지 않는 이 밤은 피안(彼岸)이 없는 바다 같았다. 기름도 한 시간 사십 분 후면 바닥이 날 것이다. 곧 있으면 두터운 어둠 속을 눈먼 채로 흘러 다녀야 할 것이다.

'날이 샐 때까지만 버틸 수 있다면……'

파비앵이 느끼기에 새벽은, 이 고된 밤을 보낸 후에 비로소 흘러들 황금빛 모래사장 같았다. 새벽이 오면, 위협을 받던 비행기 아래로 해변과 평야가 나타날 것이고, 고요한 대지는 잠들어 있는 농가와 가축들과 언덕들을 안고 있을 것이다. 어둠 속에 밀려온 온갖 표류물들은 무해한 것이 될 것이고 할 수만 있다면, 가능하다면 그는 사력을 다해 그 새벽을 향해 헤엄쳐나갈 작정이었다.

그는 포위되었다는 생각이 들었지만 모든 것은 이 짙은 어둠 속에서 해결되고야 말 것이다. 그것은 사실이다. 언제나 해가 떠오를 때면 모든 것이 본래의 자리로 돌아가는 느낌이 들곤 했으니까 말이다.

하지만 해가 머물고 있는 동쪽을 뚫어지게 바라본들 무슨 소용인가. 그와 해 사이에는 헤아릴 수 없을 정도의 깊고 깊은 밤이 길게 놓여 있었다.

13

"아순시온선 우편기는 순항 중이야. 두 시쯤에는 도착할 예정이지. 하지만 현재 난항 중인 듯한 파타고니아선 우편기는 상당한 지체가 예상되네."

"알겠습니다, 리비에르 씨."

"유럽선 비행기를 이륙시키려면 파타고니아선 우편기는 기다리지 못할 거야. 아순시온선 우편기가 도착하는 대로 우리의 지침을 따르도록 하게. 준비하고 기다리게."

리비에르는 북쪽의 기항지들이 보내온 재난 조치에 관한 전보를 재차 읽어보았다. 전보들은 유럽선 우편기에 달빛 항로를 열어주었다. '청명한 하늘, 보름달, 바람 없음.' 브라질의 산들은 바다의 은빛 물결 속에 그 검은 숲의 촘촘한 가지들을 직선으로 담그고 있었다. 그 숲 위로 줄기차게 달빛이 쏟아져 내렸지만 숲을 물들일 정도는 아니었다. 바다에 떠 있는 표류물 같은 섬들 역시 검은 빛이었다. 전 항로를 끝없이 비추고 있는 달은 마르지 않는 빛의 샘물 같았다.

리비에르의 출발 명령이 떨어지면 유럽선 우편기의 승무원은 밤새 부드럽게 반짝이는 안정적인 세계로 들어설 것이다. 밀려드는 빛과 어둠 사이의 균형, 그것을 위협할 것이라고는 아무것도 없는 세계, 맑은 바람의 어루만짐조차 스며들지 않는 세계로 말이다.

그러나 리비에르는 그 달빛 앞에서 금지된 금광을 마주한 광산 채굴자처럼 머뭇거렸다. 야간 비행의 유일한 옹호자인 리비에르에게 남쪽에서 일어나는 사건들은 불리한 일이었다. 그의 적대자들은 파타고니아에서 발생한 참사로 매우 유리한 도덕적 주장을 내세울 것이고, 리비에르의 신념은 무력해질 수도 있다. 그러나 흔들리지 않았다. 사업의 빈틈 하나가 비극을 일어나게 했지만, 그 비극도 빈틈의 존재를 확인해주었을 뿐 다른 어떤 것도 입증하지는 못했기 때문이다.

'어쩌면 관측 기지를 서쪽 지역에 세워야 할지도 모르겠

군…… 한번 생각해봐야겠어.'

그는 또 이런 생각도 했다.

'야간 비행에 관한 나의 신념에는 변함이 없다. 오히려 사고를 유발할 수 있는 하나의 원인이 줄어든 것일 뿐. 이번 사고로 드러난 원인 말이다. 따라서, 실패는 강한 자들을 더욱 강하게 만든다. 그러나 불행하게도 우리는 사태의 진정한 의미는 거의 고려되지 않는 그런 도박을 인간들을 상대로 벌이고 있을 뿐이다. 우리는 표면상으로 지거나 이기게 되고, 보잘것없는 보상을 얻는다. 결국엔 피상적인 패배에 묶여버리는 것이다.'

리비에르는 벨을 눌렀다.

"바이아블랑카에서 온 소식은 없나?"

"없습니다."

"비행장으로 전화를 연결해주게."

오 분 후 그는 상황을 물었다.

"어째서 아무 소식도 전해주지 않나?"

"우편기로부터 아무런 소식도 오지 않았습니다."

"침묵하고 있는 건가?"

"모르겠습니다. 뇌우가 너무 심해 우편기에서 교신을 해도 우리가 들을 수 없을 겁니다."

"트릴레우에서는 들린다던가?"

"트릴레우 소식은 듣지 못했습니다."

"전화해보게."

"해봤는데 불통입니다."

"그곳 날씨는 어떤가?"

"몹시 나쁩니다. 서쪽과 남쪽에서 번개가 치고, 공기가 매우 무겁습니다."

"바람은?"

"아직은 약하지만 겨우 십 분 정도나 그럴 겁니다. 번개가 매우 빠르게 다가오고 있습니다."

잠시 동안 대화는 멎고, 정적이 그 빈자리를 채웠다.

"바이아블랑카? 들리나? 좋아. 십 분 후에 이곳으로 다시 전화해주게."

그리고 리비에르는 남쪽 비행장에서 보내온 전보들을 뒤적거렸다. 하나같이 우편기의 침묵을 알리고 있었고 몇

몇 비행장들은 더 이상 부에노스아이레스로 답신을 보내오지 않았다. 지도 위에는 연락이 끊긴 지역을 나타내는 표시가 점차 늘어났다. 그곳의 작은 도시들은 태풍의 영향으로 이미 모든 문을 닫았을 것이고, 불빛 하나 없는 거리 탓에 비행기는 망망대해의 배처럼 세상으로부터 단절되어 밤의 한가운데를 방황하고 있을 것이다. 오직 새벽만이 그들을 구해낼 수 있을 뿐이었다.

리비에르는 지도에 머리를 박은 채 맑은 하늘의 피난처를 찾아낼 희망을 놓지 않았다. 서른 곳 이상의 지방 도시 경찰에 기상을 묻는 무선전보를 보낸 결과, 이제 그 답신들이 도착하기 시작했다. 2,000킬로미터에 이르는 무선국들 중 한 곳이라도 비행기의 호출을 받으면 즉각 통고하라는 명령을 내렸다. 부에노스아이레스에서 대피 장소의 위치를 곧장 파비앵에게 전할 수 있도록 말이다.

새벽 한 시에 소집된 직원들은 각자의 사무실로 돌아갔다. 그들은 그곳에서 야간비행이 중단될 것이라거나, 유럽선 우편기는 해가 뜬 후에나 이륙하게 될 것이라는 이야기들을 비밀스레 나누었다. 그들은 폭풍우에 대해, 파비앵에 대해, 그리고 무엇보다도 리비에르에 대해 소리 죽여 이야기했다. 그들은 리비에르가 자연을 거스른 탓에 차츰 무너져 내릴 것이라고 짐작했다.

그러다 말소리가 뚝 끊겼다. 리비에르가 문 앞에 서 있었다. 언제나처럼 외투를 꼭 껴입고 눈 바로 위까지 모자를 눌러 쓴 영원한 여행자의 모습으로, 그는 사무실 주임 쪽으로 천천히 걸어왔다.

"한 시 십 분이네. 유럽선 우편기의 서류는 규정에 맞춰 준비했나?"

"제 생각엔……."

"자네는 생각이 아니라 실행을 해야 하네."

그는 몸을 돌려 뒷짐을 지고 창문이 열린 쪽으로 걸어갔다. 직원 하나가 다가왔다.

"소장님, 저희는 거의 회신을 받지 못했습니다. 내륙에서는 수많은 전화선들이 이미 끊겼다는 기별이 왔고……"

"알았네."

리비에르는 꼼짝도 않고 뚫어지라고 밤을 응시했다.

도착하는 메시지마다 모두 파비앵의 우편기에 대한 위험상황을 타전했다. 전화선이 끊기기 전에 회신할 수 있었던 도시들에서는 밀려오는 적군의 침략처럼 태풍의 진전을 전해왔다.

"태풍이 내륙 지방, 안데스 산맥으로부터 오고 있음. 모든 항로를 휩쓸며 바다로 이동 중."

리비에르는 공기가 습하고, 별빛은 너무 밝다고 생각했다. 정말 이상한 밤이다! 그 밤은 싱싱한 과일의 살처럼 갑자기 군데군데 썩어 들어가고 있었으니. 부에노스아이레스의 하늘은 여전히 빛나는 별들로 가득했지만, 그것은 하나의 오아시스, 찰나의 순간에 불과했다. 게다가 그것은 승무원의 비행 영역을 벗어난, 다른 곳에 있는 항구일 뿐이었다. 나쁜 바람이 몰아치고 빛을 부패시킨 위협적인 밤. 도무지 물리쳐 이겨내기 어려운 밤. 비행기 한 대가 그 깊은 심연 속 어딘가에서 위험에 빠져 있었고, 지상의 눈빛들은 그저 무기력하게 동요하고 있을 뿐이었다.

14

파비앵의 아내가 전화를 했다. 그녀는 남편이 귀환하는 날 밤마다 파타고니아선 우편기의 진행 상황을 헤아려보곤 했다.

'지금쯤 트렐레우에서 이륙했겠군.'

그런 다음 다시 잠이 들었다. 조금 후 그녀는 다시 잠에서 깼다.

'이제 산 안토니오로 가까워질 것이고, 그곳의 불빛이 보이겠지.'

그러면 그녀는 자리에서 일어나 커튼을 젖히고 하늘을 살폈다.

'구름이 많아 힘들겠네…….'

이따금 달은 양치기처럼 어슬렁거렸다. 그러면 젊은 아

내는 그 달과 별들과 남편을 둘러싸고 있는 수많은 것들로 안심이 되어 다시 자리에 누웠다. 새벽 한 시가 되면 그녀는 남편이 가까이 왔음을 느꼈다.

'그이는 멀지 않은 곳에 있어. 이제 부에노스아이레스가 보일 거야.'

그러면 그녀는 다시 일어나 남편의 식사와 따뜻한 커피를 준비했다.

'저 높은 곳은 많이 춥겠지…….'

그녀는 언제나 남편을 눈 덮인 정상에서 내려온 듯이 맞이했다.

"춥지 않아?"

"전혀!"

"그래도 몸을 좀 따뜻하게 해!"

한 시 십오 분이면 만반의 준비가 끝났다. 그러면 그녀는 전화를 걸었다. 그날 밤, 다른 사람들처럼 그녀도 물었다.

"파비앵은 착륙했나요?"

그녀의 전화를 받은 직원은 조금 당황했다.

"누구시죠?"

"시몬 파비앵입니다."

"아! 잠깐만요…….."

아무 말도 할 수 없었던 직원은 수화기를 사무실 주임에게 건네주었다.

"누구십니까?"

"시몬 파비앵입니다."

"아, 예. 무슨 일로 그러시죠?"

"저희 남편이 착륙했나요?"

설명할 수 없을 것 같은 침묵이 잠시 이어지더니 그저 이런 답변이 들려왔다.

"아니요."

"연착인가요?"

"그러니까…….."

또다시 침묵.

"네. 연착입니다."

"아……."

그것은 상처받은 육체에서 나오는 탄식이었다. 연착은 아무 일도 아니다. 그거야 대수롭지 않지만 그게 길어지면 여자의 마음은 폭풍우 속에 휘말려버릴지도 모른다.

"아, 그러면 그이가 언제쯤 도착할까요?"

"언제쯤이냐고요? 그, 그건 저희도 모릅니다."

그녀는 지금 벽에 부딪히고 있었다. 그녀는 자기가 한 질문의 메아리만 듣고 있었다.

"지금 그이는 어디에 있죠? 제발 대답 좀 해주세요!"

"지금 어디에 있냐고요? 잠깐 기다리세요."

그런 무기력한 태도가 그녀를 아프게 했다. 벽 뒤에서 무슨 일인가 일어나고 있었다. 이윽고 대답이 돌아왔다.

"그는 코모도로에서 십구 시 삼십 분에 이륙했습니다."

"그리고 그 후에는요?"

"그 후에요? 상당히 늦어져서, 기상 악화로 많이 늦어져서요."

"아! 기상 악화요?"

부에노스아이레스의 하늘에 한가롭게 걸쳐 있는 저 달은 얼마나 부당하고 기만적인가! 시몬 파비앵은 코모도로에서 트렐레우까지 두 시간도 안 걸린다는 사실을 불현듯 기억해냈다.

"그럼, 그이는 여섯 시간 동안이나 트렐레우를 향해 비행하는 중이네요! 그동안 보낸 통신들이 있을 거 아니에요! 뭐라고 하던가요?"

"그가 뭐라고 했냐고요? 당연히 이런 날씨에는…… 부인도 아시겠지만 그의 통신이 들리지 않습니다."

"이런 날씨라니!"

"저, 부인, 소식이 오는 대로 바로 연락드리겠습니다."

"당신들도 아무것도 모르는군요……."

"그럼, 안녕히 계십시오. 부인."

"아니, 안 돼요! 소장님과 통화하고 싶어요."

"소장님은 매우 바쁘십니다. 지금 회의 중이라."

"아! 상관없어요! 상관없다고요! 소장님과 통화하고 싶다니까요."

사무실 주임은 땀을 닦았다.

"잠깐 기다리세요."

그는 리비에르의 사무실 문을 열었다.

"파비앵 부인이 소장님과 통화하고 싶답니다."

'그럼 그렇지! 걱정하던 일이 드디어 터졌군!' 리비에르는 생각했다. 극적인 사건의 감정적 요소들이 모습을 드러내기 시작한 것이었다. 그는 처음에 그러한 요소들을 인정하지 않으려 했다. 수술실에 어머니와 아내들은 들어가지 않는 것이다. 위험에 처한 배 안에서는 감정을 드러내지 않도록 해야 한다. 감정은 사람을 구해내는 일에 별로 도움이 되지 않는다고 그는 생각하기 때문이다.

"내 사무실로 연결하게."

그는 멀리서 들려오는 떨리는 작은 목소리를 들었다. 하지만 그녀에게 대답해줄 말이 없다는 것을 이내 깨달았다. 이렇게 대립하는 일은 두 사람 모두에게 한없이 헛된 일일 것이다.

"부인, 제발 진정하십시오! 우리 같은 직업은 장시간 소식을 기다리는 일이 아주 흔합니다."

리비에르는 이제 개인적인 비탄의 문제가 아니라, 소장으로서의 책임이라는 경계에 이르렀다. 그의 앞에는 파비앵의 아내가 아니라 삶의 또 다른 의미가 우뚝 서 있었다. 그 작은 목소리, 너무나 서글프지만 적의에 찬 그 목소리를 듣고 동정을 금할 수 없었다. 그에게 일과 개인의 행복은 결코 둘로 나눌 수 없는 것이기 때문이다. 그 두 가지는 서로 대립하고 있지만 마주 닿아 있다. 이 여인 역시 자신의 의무와 권리를 절대적인 세상의 이름으로 이야기하고 있는 것이다. 자신의 행복을 지키고자 하는 또 하나의 이름으로, 애정과 희망과 추억의 이름으로 말이다. 그녀는 자신의 행복을 요구하고 있었고, 그녀가 하는 일은 옳았다. 그리고 리비에르 또한 틀리지 않았다. 하지만 그는 이 여인의 진실에 대항할 것을 가지고 있지 않았다. 그는 집 안을 비추는 소박한 램프 불빛 아래에서, 형용할 수 없는 무기력감을 발견하고 말았다.

"부인."

그녀는 더 이상 말을 듣고 있지 않았다. 자신의 연약한 주먹으로 벽을 치다가 지쳐 자기 발 밑으로 쓰러져버린 듯했다.

언젠가 다리를 건설 중인 공사장에서 부상자 한 명을 들여다보고 있을 때였다. 옆에 있던 기술자가 리비에르에게 이렇게 말했다.

"이 다리가 처참하게 뭉개진 부상자의 얼굴만 한 가치가 있을까요?"

다리를 이용할 그 어떤 농부도 인근의 다른 다리로 돌아가는 수고를 덜기 위해서 이렇게 처참하게 한 사람의 얼굴을 짓이겨도 된다고 말하지는 않았을 것이다. 그럼에도 불구하고 다리들은 세워진다. 기술자는 덧붙여 말했다.

"전체의 이익은 개개인의 이익이 모여 이루어지죠. 하지만 그것 외에는 아무것도 정당화하지 않아요."

한참 후, 리비에르가 대답했다.

"그러나 인간의 생명을 값으로 따질 수 없다 해도, 우리는 언제나 인간의 생명을 넘어서는 가치 있는 뭔가가 있는 것처럼 행동하지요. 그렇다면 그건 도대체 무엇일까요?"

리비에르는 우편기의 승무원들을 생각하며 아픈 마음에 괴로워했다. 사업은, 다리 하나를 건설하는 일에서도 개인의 행복을 파멸시킨다. 이제 리비에르는 '대체 무슨 명목으로'라는 자문을 하지 않을 수 없었다. '어쩌면 이제 사라져 버릴지도 모를 그 승무원들은, 오늘 비행을 하지 않았더라면 행복하게 살 수 있었을 텐데……' 그는 저녁의 불빛이 젖어 드는 황금빛 성소(聖所)에서 고개를 숙이고 있는 그들의 얼굴이 떠올려보았다. 나는 무슨 명목으로 그들을 성소에서 끌어낸 것일까? 대체 무슨 명목으로 그들을 개인적인 행복으로부터 빼내왔을까? 행복을 보호하자는 게 내가 지닌 우선적인 법칙 아니었나? 그런데 나 자신이 그 행복을 부숴버리고 있지 않은가. 황금빛 성소들은 운명적으로 언젠가는 신기루처럼 사라진다. 노화와 죽음이 리비에르 자신보다 가혹하게 그 행복을 파괴해버리기 때문이다. 어쩌면 구해내야 할 어떤 것, 좀 더 지속적인 다른 것이 존재할 것이다. 리비에르가 이렇게 일하는 것은 다름이 아니라 인간의 바로 그런 부분을 구해내기 위해서일까? 그렇지 않다면 그의 행동은 정당화되지 않는다.

'사랑한다는 것, 오직 사랑만 한다는 것은 정말이지 막다른 길과 같다!'

리비에르는 사랑하는 일보다 더 중대한 의무가 있을 것이라는 생각이 어렴풋이 들었다. 그것 또한 애정의 형태일 테지만 기존의 것과는 사뭇 다른 무언가라고 생각했다. 곧이어 어떤 문구가 그의 머릿속에 떠올랐다.

'중요한 문제는 그 애정을 영원토록 하는 것이다.'

이 구절을 어디서 읽었던가?

'당신이 당신 자신 안에서 추구하는 것은 죽어 없어진다.'

그는 페루의 잉카에 있는 오래된 태양신의 사원을 떠올렸다.

'산 정상에 곧게 세워진 돌기둥들, 그 돌기둥들이 없었다면 오늘날의 인간을 그토록 무겁게 압도하는, 회한처럼 내리누르는 그 강력한 문명에서 무엇이 남았겠는가? 고대의 지도자는 무슨 냉혹한 명목과 무슨 기이한 사랑을 내세워 산 위에 신전을 세우라고 강요하고, 그렇게 그들의 영원성을 세울 것을 명했을까?'

리비에르는 또한 저녁마다 작은 도시의 음악당 주위를 돌아다니는 소시민들을 떠올렸다.

'마구(馬具)처럼 무겁고 둔한 행복, 고대의 지도자는 인간의 고통에 대해서 연민을 갖지 않았을지 모르지만, 인간

의 죽음에 대해서는 엄청난 연민을 가졌을 것이다. 인간 개
개인의 죽음에 대한 연민이 아니라, 바다가 쓸어버리는 수
많은 모래 알갱이 같은 인간 종족 전체에 대한 연민 말이
다. 그리하여 그는 사막이라도 묻어버리지 못할 돌기둥이
라도 세워놓으려고 백성을 산으로 이끌었던 것이리라.'

15

어쩌면 네 번 접은 이 종이가 그를 구해줄 것이다. 파비앵은 떨리는 손으로 종이를 펼쳤다.

'부에노스아이레스와 교신 불가능. 손가락에 스파크가 일어서 더 이상 무선기도 조작할 수 없음.'

화가 난 파비앵은 답변을 하고 싶었지만 글씨를 쓰려고 조종간을 놓자 강력한 파고 같은 것이 그의 몸 속으로 침투하는 느낌과 함께, 돌풍이 5톤짜리 강철 속에 들어 있는 그를 들어올려 흔들어댔다. 어쩔 수 없이 그는 회답하기를 포기했다.

그의 손이 다시금 파고를 봉쇄하고 누그러뜨렸다. 파비앵은 심호흡을 크게 했다. 만일 무선기사가 폭풍이 두려워서 안테나를 다시 감아버리면 착륙 후 그의 면상을 갈겨 버리리라 생각했다. 무슨 수를 써서라도 부에노스아이레스와 교신해야 했다. 15,000킬로미터도 더 떨어진 그곳에서 이 심연 같은 곳에 있는 그들에게 밧줄이라도 던져줄 것만 같았다. 흔들리는 불빛, 시골 여인숙의 불빛은 거의 쓸모가 없긴 해도 바다의 등대처럼 육지가 가까이 있음을 입증해줄 것이다. 하지만 그 조차도 보이지 않으니 적어도 어떤 목소리, 이미 그들에게는 존재하지 않는 세상에서 교신해오는 목소리가 필요했다. 조종사는 주먹을 들어 불빛 아래에서 흔들어 보이면서 뒷자리의 무선기사에게 이 비극적인 진실을 이해시키고자 했다. 하지만 상대방은 꺼져버린 불빛으로 매몰된 도시와 황폐해진 공간을 내려다보느라 그 진실을 알 수 없었다.

파비앵은 들리기만 한다면 모든 충고를 따를 것이다.

'빙빙 돌라고 한다면 돌 것이고, 완전히 남쪽으로 가라고 한다면……' 그 평화로운 육지, 커다란 달빛 아래 펼쳐진 부드러운 대지가 분명, 어디엔가 존재하고 있다. 저 아래 있는 동료들, 꽃처럼 아름다운 램프 불빛을 받으며 지도에 몸을 숙이고 있는 전능한 저들, 학자처럼 박식한 저들은 그곳이 어딘지 알고 있을 것이다. 하지만 그는 무얼 아는가? 산 사태처럼 빠르게 검은 진창으로 몰아붙이는 돌풍과 어둠 밖에는 알지 못한다. 만약 누군가 그들을 보고 있다면 구름 속에서 돌풍과 화염 가운데 빠져 있는 두 사람을 포기할 수 없을 것이다. 그럴 수는 없을 것이다. 파비앵에게 "기수를 240도로."라고 명령을 내리면 그는 기수를 240도로 맞출 것이다. 하지만 그는 혼자였다.

그는 기계마저 반항하고 있다는 느낌이 들었다. 아래로 가라앉을 때마다 엔진이 어찌나 요동을 치던지 비행기 전체가 광기에 잡힌 듯 흔들렸다. 파비앵은 조종석에 머리를 파묻고 자이로스코프 수평기를 들여다보며 비행기의 제어에 온 힘을 쏟아부었다. 바깥은 더 이상 하늘과 땅을 구별할 수 없었다. 그는 모든 것이 뒤섞인 어둠, 세상이 시작되는 어둠 속에서 길을 잃고 헤매고 있었다. 위치를 가리키는 바늘들은 점점 더 빠르게 흔들려서 읽어내기가 어려웠다. 이미 그 숫자들에게 속은 조종사는 헛되이 분투하며 고도를 잃어버리고 차츰 어둠 속으로 빠져들고 있었다. 고도계는 500미터를 가리켰다. 그것은 구릉의 높이였다. 그는 구릉들이 자신을 향해 현기증 나는 파도처럼 밀려오고 있다고 생각했다. 또한 손바닥만한 양으로도 그를 압살시킬 수 있는 땅덩어리가 뿌리 뽑혀 그의 주변을 빙빙 돌고 있다고 느꼈다. 그 모든 것은 오묘한 움직임으로 그를 점점 더 옥죄어왔다.

그는 결심했다. 충돌의 위험을 무릅쓰고라도 어디든 착륙하기로 한 것이다. 최소한 구릉이라도 피하기 위해 하나뿐인 조명탄을 터뜨렸다. 조명탄은 불꽃을 일으키며 빙빙 돌더니 평평한 곳을 비추고는 꺼져버렸다. 그곳은 바다였다.

'틀렸어! 교정 각도를 40도로 했는데도 이탈했어. 태풍이다. 육지는 어디일까?'

그는 서쪽으로 완전히 방향을 바꾸었다.

'조명탄도 없으니 이젠 죽겠군. 무선기사는 분명 안테나를 다시 감았을 거야.'

조종사는 더 이상 그를 원망하지 않았다. 어차피 언젠가는 벌어질 일이었다. 만약 그가 두 손을 놓아버리면 그들의 생명은 덧없는 티끌처럼 사라져버릴 것이다. 그는 자신의 두 손에 동료와 그의 고동치는 심장을 쥐고 있었다. 그러자 갑자기 그 손이 두려워졌다.

그는 거세게 몰아치는 돌풍 속에서 요동치는 조종간을 제어하려고 있는 힘을 다해 움켜잡았다. 그렇게 하지 않으면 조종석이 분해되어버릴 것만 같았다. 계속해서 조종간을 안간힘으로 움켜잡자 손의 이내 감각은 사라져버리고 말았다. 손가락을 움직이려고 했지만 말을 듣지 않았다. 그저 무언가 이상한 것이 그의 팔에 매달려 있는 듯 했다. 무감각하고 물렁한 살덩이 같은 것.

'뭔가를 움켜쥐고 있다는 사실을 치열히 상상해야 한다.'

파비앵은 속으로 되뇌었다. 하지만 그런 상상이 자신의 손에 전해질지는 알 수 없었다. 이제는 조종간의 진동을 어깨의 통증으로만 감지할 수 있었다. 두려웠다.

'조종간이 내 손에서 빠져나갈 거야. 내 손에 힘이 빠질 거야.'

그는 그런 생각을 했다는 사실에 소스라치게 놀랐다. 왜냐하면 이번에는 자신의 손이 그 막연한 상상의 힘에 굴복하여 어둠 속에서 슬그머니 자신을 놓아버리려는 느낌이 들었기 때문이다. 그는 아직 싸울 수 있고 자신의 운을 시험해볼 수 있을 것 같았다. 외적인 숙명이란 없으니까. 하지만 내적인 숙명은 있다. 인간이 스스로의 나약함을 깨닫는 순간 그것은 찾아온다. 그러면 온갖 실수가 어지럽게 우리를 엄습하는 것이다.

바로 그 순간, 그의 머리 위에 폭풍우가 가른 틈새로 죽음을 부르는 덫 속의 미끼처럼 몇 개의 별들이 반짝였다. 그는 그것이 분명 덫이라고 생각했다. 구멍 속에서 세 개의 별이 보여, 별을 향해 올라가지만 그 다음에는 더 이상 내려올 수 없고, 거기에서 별을 깨물고 머물러야 하는 덫, 그러나 빛에 대한 갈망이 너무 컸던 나머지 그는 올라가고 말았다.

16

그는 별들이 보여주는 지표 덕분에 돌풍을 잘 피하면서 위로 올라갔다. 희미한 빛이었다. 빛을 찾아 너무 오래 고생했기에 아주 희미한 별빛일지언정 다시는 놓치고 싶지 않았다. 아주 옅은 불빛만으로도 풍족해진 그는 그토록 갈망하던 그 신호 주변을 죽을 때까지라도 빙빙 돌 수 있을 것 같았다. 어느덧 그는 빛의 벌판을 향해 올라가고 있었다.

그는 자신의 바로 위에서 열렸다가 다시 닫히는 우물 속으로 나선형을 그리며 조금씩 조금씩 올라갔다. 위로 올라갈수록 구름들은 어둠의 진창을 털어내고 점점 더 맑고 흰 파도가 되어 주위를 스쳐갔다. 파비앵은 솟아올랐다. 그는 극도로 놀랐다. 너무나 밝은 빛에 눈이 부셔 잠시 눈을 감아야 했다. 한밤중에 구름들이 그렇게 눈부시게 빛날 수 있으리라고는 한 번도 생각해보지 못했다. 하지만 보름달과 온갖 성좌들이 구름을 빛나는 파도로 바꾸어놓았다.

비행기는 솟구쳐 오르던 바로 그 순간, 놀라울 정도의 평온을 단번에 되찾았다. 비행기를 기울이게 하는 파도 하나 없었다. 방파제 안으로 들어가듯 그는 평온한 물결로 들어섰다. 그는 축복받은 섬들과 만도 같은, 숨겨진 미지의 하늘 한 부분으로 들어간 것이다. 바로 밑에서는 폭풍이 돌풍과 폭풍우와 번개로 뒤엉킨 3,000미터 두께의 또 다른 세상을 만들어내고 있었지만, 그것이 별들에게는 수정과 눈 같은 얼굴일 뿐이었다.

파비앵은 천국과 지옥 사이에 있을 법한 낯선 지대로 들어섰다고 생각했다. 왜냐하면 그의 손과 옷 그리고 비행기 날개 등 모든 것이 빛을 발했기 때문이다. 그 빛은 별들로부터 내려온 것이 아니라, 그의 바로 아래와 그의 주변에 쌓여 있는 그 백색의 구름들로부터 퍼져 나왔다. 아래에 펼쳐진 구름은 달에서 받은 눈같이 흰빛을 되쏘고 있었다. 탑처럼 높이 솟은 양옆의 구름 또한 같은 현상이었다. 비행기는 우윳빛이 감도는 그 속을 유영했다. 파비앵이 뒷자리를 돌아보니 무선기사가 미소를 짓고 있었다.

"한결 낫네요!"

하지만 무선기사의 목소리는 비행기의 소음 때문에 들리지 않았다. 그들은 단지 미소만 주고받았다. 파비앵은 생각했다.

'미쳤군, 내가 완전히 미쳐버렸어. 길을 잃었는데 미소를 짓고 있다니.'

그렇지만 그는 헤아릴 수 없는 막연한 압박감에서 풀려났다. 잠시 꽃들 사이를 혼자 거닐어보라고 풀어주는 죄수의 수갑처럼, 그를 묶었던 속박이 풀어진 것이다.

'정말 아름답구나.'

파비앵은 보석처럼 빼곡하게 들어찬 별들 사이를 헤맸다. 그 안에는 파비앵과 그의 동료 이외에 살아 있는 것이라고는 아무것도, 정말이지 아무것도 없었다. 가공의 도시 속에 들어선 도둑들처럼 더 이상 빠져나갈 수 없는 보석 방 안에 갇힌 느낌이었다. 그들은 엄청난 부자가 되었지만, 사형선고를 받은 채 그 차가운 보석 사이를 떠돌고 있었다.

17

파타고니아 비행장에서 무기력하게 철야를 하고 있던 사무실의 모든 사람들이 코모도로리바다비아의 무선기사가 갑자기 움직이자 그의 주변으로 몰려들어 몸을 숙였다. 그들은 강력한 불빛을 받고 있는 흰 종이를 들여다보았다. 무선기사의 손은 여전히 머뭇거렸지만 연필은 움직이고 있었다. 아직도 밤 속에 갇혀 있는 사람들의 글자를 받아 적고 있는 그의 손가락은 벌써 떨고 있었다.

"폭풍우인가요?"

무선기사가 그렇다고 고개를 끄덕였다. 폭풍우로 인한 잡음 때문에 소리를 알아들을 수 없었다. 그는 파악하기 힘든 몇몇 기호들을 적어 내려갔다. 그 다음에는 단어들을 적었고, 그런 후에야 다음과 같은 전문을 복원할 수 있었다.

'폭풍 바로 위 3,000미터 상공에 묶여 있음. 바다에서 표류했기 때문에 내륙을 향해 완전히 서쪽으로 운항할 것임. 바로 밑으로는 모든 길이 막혀 있음. 계속해서 바다 위로 비행할 것인지는 모르겠음. 폭풍이 내륙에 퍼져 있는지 알려주기 바람.'

뇌우 때문에 이 전보를 부에노스아이레스로 전송하려면 여러 기지를 거쳐야 했다. 메시지는 횃불을 전송하듯 밤새도록 이어질 것이다. 부에노스아이레스에서 회신이 왔다.

'내륙 전역에 폭풍, 연료가 얼마나 남았나?'

'삼십 분.'

그리고 이 짧은 문장은 철야 근무 중인 각 기지의 무선 기사들을 차례로 거쳐 부에노스아이레스에 다시 전달되었다. 승무원들은 삼십 분 안에 태풍 속으로 휘말려들어 땅바닥에 내동댕이쳐질 운명에 처해 있었다.

18

더 이상의 희망은 없다. 리비에르는 깊은 생각에 잠겼다. 그 비행기의 승무원들은 한밤중에 어디에선가 침몰해버릴 것이다.

리비에르는 충격을 받은 어릴 적의 어떤 장면을 기억해냈다. 시체를 찾기 위해 연못의 물을 비워내고 있었다. 이번에도 역시 이 어둠 덩어리가 대지에서 물러나기 전에는, 그 모래 사장과 벌판과 평원과 밀밭에 햇빛이 다시 드리우기 전에는 아무것도 찾아내지 못할 것이다. 어쩌면 순박한 농부들이, 평화로운 황금 들판과 풀밭 위로 좌초하여 두 팔로 얼굴을 감싸고 잠든 것처럼 보이는 두 젊은이를 발견할지 모른다. 밤은 그들을 삼켜버릴 것이다.

리비에르는 전설의 바다처럼 밤의 심연 속에 묻혀 있는

보석들을 생각했다. 아직은 보이지 않지만 곧 피어날 온갖 꽃들과 함께 아침을 기다리고 있는 그 밤의 사과나무들을, 온갖 향기와 잠든 어린 양들과 색깔을 감추고 있는 꽃들로 가득한 밤은 풍요롭다.

비옥한 밭고랑들과 싱싱한 풀과 물에 젖은 숲이 아침을 향해 서서히 고개를 들어 올릴 것이다. 이제는 위험하지 않은 구릉들 사이에서, 초원들과 어린 양들 사이에서, 그 온순한 세상에서 두 젊은이는 잠들어 있는 것처럼 보일 것이다. 그리고 눈에 보이는 이 세상에서 다른 세상으로 무언가 흘러가는 것을 느낄 것이다.

리비에르는 파비앵의 아내가 여린 심성에 다정다감한 여자라는 것을 알고 있다. 그녀가 누렸던 사랑은 가난한 아이에게 주어진 장난감처럼 그녀에게 잠시 빌려준 것일 뿐이다. 리비에르는 파비앵의 손을 생각했다. 아직도 몇 분 동안 자신의 운명을 조종간에 맡기고 있을 그의 손을. 어루만지던 그 손. 어느 얼굴 위에 놓여 그 표정을 바뀌게 하던 손. 어느 가슴 위에 놓인 신의 손처럼 그 가슴에 동요를 일으키던 손. 기적을 일으키던 그 손을.

파비앵은 장엄한 밤의 구름다리를 떠돌고 있지만, 그 아래에는 영원이 가로놓여 있다. 자기 혼자만 살고 있는 성좌 사이에서 길을 잃고 헤매고 있다. 그는 여전히 자신의 손 안에 세상을 쥐고 가슴에 대고 균형을 잡고 있다. 그는 인간의 풍요가 만들어낸 그 무거운 비행기를 자신의 조종간으로 움켜잡고, 절망적으로 이 별에서 저 별로 곧 돌려줘야 할 아무 쓸모없는 보물을 싣고 다니고 있다.

리비에르는 무전국 하나가 아직도 파비앵의 소리를 듣고 있다는 것을 생각해본다. 하나의 음파, 가녀린 주파수 하나만이 파비앵을 이 세계에 연결하고 있다. 비명도, 신음 소리도 들리지 않는다. 하지만 그것은 오직, 절망이 만들어낼 수 있는 가장 순수한 소리였다.

19

로비노가 그를 고독에서 끌어냈다.

"소장님, 생각을 좀 해봤는데…… 이렇게 해보면 어떨까요?"

실상 그는 제안할 것이 아무것도 없었지만 그런 식으로라도 성의를 보였다. 그는 해결책을 찾고 싶었을 것이고, 수수께끼를 풀듯 어떤 답을 조금 찾아보았다. 그리고 항상, 리비에르가 절대 귀담아듣지 않았던 답들을 찾아냈다.

"이보게, 로비노. 인생에는 해결책이 없어. 다만 추진력이 있는 거야. 그저 계속해서 나아갈 뿐이야. 그러면 해결책은 뒤따라오는 법이네."

그리하여 로비노는 정비사들의 협동 속에서 추진력을 창출하는 일로 자신의 역할을 한정했다. 프로펠러 바퀴를

녹슬지 않게 유지하는 소박한 추진력을.

그날 밤의 사건들은 로비노를 무기력하게 만들었다. 감독이라는 직책은 뇌우에 대해서도, 유령처럼 되어버린 승무원에 대해서도 아무런 영향력을 미칠 수 없었다. 승무원들은 이제 정근 수당을 위해서가 아니라, 로비노의 처벌을 수포로 돌아가게 할 유일한 방안인 죽음을 모면하기 위해 싸우고 있었다. 지금으로서는 아무 쓸모가 없는 로비노는 하릴없이 사무실 안을 서성거렸다.

파비앵의 아내가 면담을 요청했다. 견디다 못해 찾아온 그녀는 직원들의 방에서 리비에르를 기다렸다. 직원들은 흘깃거리며 그녀의 표정을 살폈다. 그들의 시선에 수치심 같은 것을 느끼면서 그녀는 조심스럽게 주위를 둘러보았다. 그곳의 모든 것이 그녀를 거부하는 듯했다. 상대를 무시하듯 자기 일만을 계속하는 사람들, 인간의 생명과 고통이 엄격한 숫자의 부산물로만 남게 될 이 서류들, 그녀는 파비앵에 대해 말해줄 수 있는 표시들을 찾아보았다. 그녀의 집에서는 모든 것이 그의 부재를 보여주었다. 꽃다발, 반쯤 걷힌 침대, 준비된 커피…… 하지만 이곳에서는 그 어떤 표시도 찾아낼 수 없었다. 모든 것이 연민이나 우정, 추억 같은 것에 대립하고 있었다. 누구도 그녀 앞에서 언성을 높이지 않았다. 때문에 그녀의 귀에 들어온 유일한 문장은 명세서를 요구하는 한 직원의 욕설이었다.

"빌어먹을! 우리가 산토스에 보낸 발전기 명세서 말이야……."

그녀는 몹시 놀란 표정으로 그 남자 쪽을 바라보았다. 그리고 나서 지도가 걸려 있는 벽으로 눈길을 돌렸다. 그녀의 입술이 보일 듯 말 듯 떨리고 있었다. 그녀는 자신의 존재가 이곳에서 적대적인 진실을 드러내고 있다는 점을 불편한 마음으로 짐작했다. 이곳까지 온 것이 후회되었고, 어디든지 숨어버리고 싶은 심정이었다. 그녀는 자신의 모습이 눈에 띌까 두려워서 기침을 하거나 우는 일을 자제했다. 그녀는 마치 벌거벗고 있는 듯한 자신의 모습이 불손하고 부적절하게 느껴졌다.

하지만 그녀의 진실은 너무나 강력해서 흘끔거리며 달아나는 듯한 시선들은 그녀의 얼굴에서 그 진실을 읽어내려고 끈질기게 다시 들러붙었다. 이 여인은 아주 아름다웠다. 그녀는 그들에게 행복이라는 신성한 세계를 드러내고 있었다. 그녀는 사람들이 부지불식간의 행동으로 얼마나 존엄한 것을 훼손하고 있는지를 느끼고 있었다. 그토록 수많은 시선을 받으며 그녀는 눈을 감았다. 그녀는 사람들이 자기도 모르는 사이에 어떤 평화를 파괴할 수 있는지를 이제야 깨달은 듯했다.

곧이어 리비에르가 그녀를 맞이했다. 그녀는 단지 자신의 꽃과 준비된 커피와 젊은 육체를 가엾이 여겨달라고 하소연하러 찾아온 것이다. 한층 더 냉랭해진 분위기의 사무실에서 그녀의 입술이 새삼스레 가냘프게 떨렸다. 이렇게 다른 세계에서는 자신의 진실이 표현될 수 없다는 것을 그녀는 깨달았다. 야성적이라고 할 만한 열렬한 사랑과 헌신이 이곳에서는 뜬금없고 이기적인 모습을 띨 것만 같았다. 그녀는 도망가고 싶었다.

"제가 방해되는 거죠?"

"천만에요. 부인, 절대 그렇지 않습니다."

리비에르가 말했다.

"불행하게도 부인과 저는 기다리는 일 이외에는 다른 방

법이 없군요."

그녀는 어깨를 살짝 들썩였고, 리비에르는 그 몸짓의 의미를 이해했다. 아마도 그녀의 모든 면이 다음과 같이 말하고 있는 듯했다.

'집에 가면 다시 보게 될 그 램프와 준비된 식사, 그리고 활짝 핀 꽃들에 이르기까지 그가 없다면 그런 게 다 무슨 소용이 있겠어요.'

언젠가 한 젊은 어머니가 리비에르에게 고백한 적이 있다.

"저는 제 아이의 죽음을 아직도 이해할 수 없어요. 질기게 남아 있는 건 우연히 다시 찾아낸 아이의 옷 같은 하찮은 것들과, 그리고 한밤중에 깨어났을 때 참을 수 없도록 가슴에 치미는 그 사랑인 걸요. 이제는 내 젖만큼이나 쓸모없는 것인데도 불구하고 말이에요."

이 여인에게도 역시 파비앵의 죽음은 내일이 되어서야 겨우 시작될 것이다. 이제는 헛된 일이 되어버린 그 모든 행위와 물건들의 흔적 속에서 파비앵은 천천히 그녀의 집을 떠나갈 것이다. 리비에르는 그녀에 대한 연민을 내색하지 않았다.

"부인……"

젊은 여인은 자신의 힘이 얼마나 큰지 모르는 듯 거의 겸손하다고 할 만한 미소를 지으며 물러났다. 리비에르는 다소 답답한 마음으로 자리에 앉았다.

'하지만 저 여인은 내가 찾던 것을 발견하도록 도와주었어.'

그는 무심히 북쪽 비행장들에서 보내온 안전 대책에 관한 전보를 뒤적거리며 생각했다.

'우리는 영원한 것을 요구하는 게 아니라 어떤 행위나 사물이 갑자기 의미를 상실하지 않게 하기 위하여 애쓰는 것이다. 그 순간 우리를 둘러싸고 있는 공허함이 드러나지 않도록.'

그의 시선이 전보에 꽂혔다.

'바로 그런 것들을 통해서 우리에게 죽음의 그림자가 드리워지는 것이다. 더 이상 아무 의미 없는 이런 전보들을 통해서 말이야.'

그는 그렇게 생각하면서 로비노를 바라보았다. 이제 어

디에도 쓸모없어진 저 하찮은 남자에겐 아무런 의미가 없었다. 리비에르는 그에게 냉정하게 말했다.

"내가 자네가 할 일을 일일이 지시해야 하나?"

그리고 나서 리비에르는 직원들 방으로 향하는 문을 열고 나갔다. 파비앵의 부인으로서는 전혀 알아볼 수 없는 분명한 표시들이 파비앵의 실종을 확실히 말해주고 있었다. 리비에르는 그것에 강한 충격을 받았다. 파비앵의 비행기를 표시하는 R. B. 903의 카드가 사용 불가능한 기자재로 벽면 게시판에 분류되어 있었던 것이다.

직원들은 유럽선 우편기의 출발이 지연될 것을 알고 서류를 준비하던 일을 대충하고 있었다. 지상에서는 승무원을 위해 어떤 지시를 내려야 하는지 전화로 요구해왔다. 그들은 지금 목표도 없이 철야 근무를 하고 있는 셈이었다. 살아 있는 사람들의 직무가 느슨해지고 있었다. 리비에르는 생각했다.

'죽음이란 바로 이런 것이다.'

그의 과업은 바람도 없는 바다 위에서 고장이 난 채 정지해버린 범선 같았다. 바로 그때 로비노의 목소리가 들려왔다.

"소장님······. 그 부부는 결혼한지 6주밖에 안 되었답니다······."

"가서 일하게."

리비에르는 여전히 직원들을 바라보고 있었다. 사무원들 외에도 조종사들, 정비공들, 인부들. 그 모든 사람들이 건설자라는 신념을 가지고 그의 과업을 보조했다. 그는 '섬'에 대한 이야기를 듣고 배를 만들던 옛날의 소도시들을 생각했다. 그 배에 그들의 희망을 싣기 위해서, 그들의 희망이 바다를 향해 돛을 올리는 것을 보기 위해서 말이다. 배 덕분에 모두들 위대해졌고, 모두들 자기 자신에게서 벗어났으며, 모두들 구원되었다.

'목표는 어쩌면 아무것도 정당화하지 못한다. 하지만 행동은 우리를 죽음에서 구원해준다. 그들은 그들이 만든 배 한 척으로 오래 살아 버틸 수 있었던 것이다.'

전보들에는 그 온전한 의미를, 밤샘하는 승무원들에게는 그들의 불안을, 조종사들에게는 그들의 극적인 목적을 되찾게 해줄 때, 리비에르 또한 죽음에 대항하여 싸우게 될 것이다. 그때 생명은 이 과업에 다시 생기를 불어넣어줄 것이다. 범선이 바다에서 바람을 만나 활기를 되찾듯이.

20

코모도로리바다비아에서는 더 이상 아무 소리도 들려오
지 않았다. 하지만 여기에서 1,000킬로미터 떨어진 바이아
블랑카에서는 두 번째 메시지가 대략 이십 분 후에 포착되
었다.

'하강하고 있음. 구름 속으로 들어감……'

그 후 분명치 않은 전문에서 두 개의 단어만이 트렐레우
의 기지에 나타났다.

'……아무것도 보이지……'

단파(短波)는 이런 식이었다. 저쪽에서는 소리가 잡히는
데, 여기서는 들리지 않는다. 그러다가 아무 이유 없이 모든
것이 변한다. 위치를 알 수 없는 승무원들은 시공간을 초월
한 곳에서, 자신들의 존재를 지상에 있는 사람들에게 알리

고 있었다. 그리고 이미 유령이 되어버린 글자들이 무선국의 흰 종이 위에 적히는 것이다.

연료가 다 떨어진 것일까? 아니면 비행기가 정지하기 전에 충돌 없이 착륙하려고 조종사가 마지막 카드를 쓰는 것일까? 부에노스아이레스의 목소리가 트렐레우에 명령을 내렸다.

"무슨 일인지 물어보시오."

무선국의 수신실은 실험실과 흡사하다. 니켈과 구리, 전압계 그리고 전선 다발이 널려 있다. 흰 작업복을 입고 묵묵히 일하는 철야 작업자들은 간단한 실험을 하느라 몸을 숙이고 있는 것처럼 보였다. 그들은 섬세한 손가락으로 기구들을 다루며, 금맥을 찾는 채굴자처럼 전자 하늘을 탐색한다.

"대답이 없나?"

"없습니다."

살아 있다는 표시가 될 소리들이 들려올지도 모른다. 만일 비행기와 그 전면의 등이 별들 사이로 다시 올라오면 그 별이 부르는 노래가 들려올지도 모른다⋯⋯. 몇 초가 흘렀다. 정말이지 시간이 피처럼 흐르고 있었다. 비행은 아직도 계속되고 있을까? 매 초가 기회를 앗아가고 있었다. 그리고 그렇게 흐르는 시간이 무언가를 파괴하는 듯했다. 20세기에 걸쳐 시간이 사원을 깎아내고, 화강암 속에 길을 내고, 사원을 먼지로 만들어 흩어버리는 것처럼, 일 초, 일 초의 시간 속에 마모의 세월이 응축되어 승무원들을 위협하고 있었다.

일 초, 일 초가 무언가를 앗아가고 있었다. 파비앵의 목소리, 웃음, 그 미소를. 침묵은 점점 더 무거워지더니 마침내 육중한 바다처럼 승무원들을 짓눌렀다. 그때 누군가가 말했다.

"한 시 사십 분입니다. 연료의 최종 한계 시간이에요. 그들이 아직도 비행한다는 건 불가능합니다."

그리고 정적이 흘렀다.

긴 여행의 끝에 이르렀을 때처럼 씁쓸하고 역겨운 무언가가 목구멍을 치올라왔다. 아무것도 알 수 없는 무슨 일인가가 끝장이 났다. 조금은 불쾌한 어떤 일. 이리저리 흩어진 니켈과 구리 선들 사이로 폐허가 된 공장에 감도는 우울함이 느껴졌다. 이 모든 장비들이 무겁고 쓸모 없고 소용없게 된 것처럼 느껴졌다. 죽은 나뭇가지의 무게처럼. 날이 밝기를 기다리는 수밖에 없었다.

몇 시간 후면 아르헨티나 전역에 해가 떠오를 것이다. 그리고 사람들은 여기 그대로 머물러 있을 것이다. 모래사장에서 그물 안에 뭐가 들어 있는지 모르는 채로 그물을 천천히 끌어당기는 사람들처럼.

자기 사무실로 돌아온 리비에르는 커다란 재난 앞에서만 가능한 긴장의 이완을 느꼈다. 그것은 마치 인간에게 유일하게 허락된 운명으로 부터의 자유 같았다. 그는 지방 경찰에 연락해 지원을 요청했다. 그리고 기다려야만 한다. 더 이상은 아무것도 할 수 없었다. 하지만 초상집에도 질서는 유지되어야 한다. 리비에르는 로비노에게 지시를 보냈다.

"북쪽 비행장들에 이렇게 전보를 보내게. 파타고니아선 우편기의 상당한 연착이 예상됨. 유럽선 우편기가 너무 지체되지 않도록 파타고니아 우편기를 다음 번 유럽선 우편기와 한데 묶을 것임."

그는 몸을 앞으로 조금 구부렸다. 애써 무언가 중요한 것을 기억해 내려는 것이었는데.

'아, 그렇지!'

그리고 그것을 잊지 않기 위해 말했다.

"로비노. 문서하나 작성하게."

"예, 소장님."

"조종사들에게 1,900회 이상의 엔진 회전을 금지시키는 내용 말일세, 그렇게 하지 않으면 엔진이 망가지네."

"잘 알겠습니다, 소장님."

리비에르는 좀 더 몸을 숙였다. 무엇보다도 그는 혼자 있고 싶었다.

"가 보게 로비노, 어서 나가봐."

로비노는 불행의 그림자 앞에서도 한결같은 그의 모습에 덜컥, 두려운 마음이 들었다.

21

    두 시로 예정되었던 유럽선 우편기가 취소되고 날이 밝
도록 못 떠날 테니 회사의 생명은 정지된 셈이다. 로비노
는 침울한 기분으로 사무실을 어슬렁거렸다. 직원들도 여
전히 굳은 표정으로 밤샘 근무를 하고 있었지만 그런 야근
은 쓸데없는 일이었다. 북쪽 행장들에서는 계속해서 재난
방지를 위한 메시지를 규칙적으로 보내왔다. 하지만 그들
이 보내는 '하늘 맑음' '보름달' '바람 없음' 따위의 전언들
은 불모지가 되어버린 왕국을 떠올리게 했다.

    달과 돌멩이만 있는 사막. 로비노는 사무실 주임이 작업
하고 있던 서류 하나를 딱히 이유도 없이 뒤적거렸다. 그러
다 맞은편에 서 있던 주임이 무례할 정도로 예의를 지켜 가
며 그것을 돌려주기를 기다리고 있다는 것을 깨달았다. 그

의 태도는 '뭘 원하세요, 그건 제 것 아닌가요?'라고 말하고 있었다. 부하 직원의 그런 태도에 감독관으로서 못마땅했지만 어떤 반박도 할 수 없었다. 그는 불편한 심기로 서류를 주임에게 돌려주었다.

사무실 주임은 서류를 받자 대단히 기품 있는 자세로 제자리로 돌아가 앉았다. '저자를 쫓아냈어야 했는데.'라고 로비노는 생각했다. 그리고 침착하게 잠시 걸으며 오늘 밤의 참극에 대해 생각했다. 이 사건으로 인해 회사의 방침이 철회될 것이라 생각하니 로비노는 더욱 슬퍼졌다. 그러다가 그는 사무실에 틀어박혀 있는 리비에르의 모습이 떠올랐다. 그는 자신을 '여보게…….'라고 불러주던 사람이었다. 로비노는 그에 대한 깊은 연민을 느꼈다. 리비에르가 이 정도로 지지를 잃은 적은 없었기 때문이다.

그는 머릿속을 뒤져 막연하게나마 그를 위로해줄 문장들을 찾아보았다. 아주 아름답게 느껴지는 감정이 그를 부추겼다. 그는 부드럽게 문을 두드렸다. 대답이 없었다. 그런 침묵 앞에서 문을 더 세게 두드릴 엄두가 나지 않자 그는 그냥 문을 밀었다. 리비에르는 거기 있었다. 로비노는 약간은 친구처럼, 혹은 총탄 아래서 부상당한 장군과 합류하여 그를 퇴로로 이끌어 유형지에서 그의 형제가 된 중사 같은 기분으로, 생전 처음 단도직입적으로 리비에르의 사무실로 들어섰다. 로비노의 태도는 '무슨 일이 벌어지든 당신과 함께 있겠습니다.'라고 말하는 듯했다.

리비에르는 고개를 숙이고 입을 다문 채 자신의 손을 들여다보고 있었다. 그 앞에 선 로비노는 감히 입을 열 수 없었다. 사자는 비록 쓰러졌을지언정 위협적이었다. 로비노는 더욱더 헌신적인 말들을 준비했지만, 눈을 들 때마다 4분의 3쯤 기울어진 리비에르의 얼굴과 잿빛 머리칼과 견디기 힘든 고통으로 꽉 다물어진 입술과 마주쳤다. 그는 마침내 결심했다.

"소장님……."

리비에르는 비로서 고개를 들어 로비노를 바라보았다. 그는 너무나 멀고 깊은 생각에서 빠져나온 탓에 로비노가 거기 있다는 사실조차 아직 알아채지 못한 것 같았다. 그가 무슨 생각을 했는지, 무엇을 느꼈는지, 어떤 큰 슬픔이 그의 마음에 깃들어 있었는지는 아무도 알 수 없었다. 리비에르

는 마치 생존의 증거를 찾는 듯이 로비노를 한참 동안 바라
보았다. 로비노는 거북해졌다. 리비에르가 로비노를 바라
볼수록 리비에르의 입술 위에는 알 수 없는 조롱이 그려지
고 있었다. 리비에르의 계속되는 시선에 로비노의 얼굴이
점점 더 붉어졌다. 그리고 로비노는 감동적이지만 불행하
게도 직설적인 선의를 가지고 리비에르에게 인간의 어리석
음을 증명하기 위해 이곳에 나타난 것처럼 보였다.

로비노는 당혹스러웠다. 총알도 중사도 장군도 더 이상
통하지 않았다. 설명할 수 없는 무슨 일인가가 일어나고 있
었다. 리비에르는 여전히 그를 바라보고 있었다. 어쩔 수 없
이 로비노는 자세를 바로잡고 왼쪽 주머니에서 손을 꺼냈
다. 리비에르의 시선은 여전히 로비노를 향하여 꽂혀 있었
다. 그러자 마침내 몹시 거북해진 로비노는 이유도 모른 채
말을 내뱉었다.

"명령을 받으러 왔습니다."

리비에르는 손목시계를 당겨 보더니 간단하게 말했다.

"두 시로군. 아순시온선 우편기가 두 시 십 분에 착륙할
걸세. 유럽선 우편기를 두 시 십오 분에 이륙시키게."

로비노는 그 놀라운 소식을 퍼뜨렸다. 야간 비행이 중단되지 않을 것이라는 소식을. 그리고 로비노는 사무실 주임에게 말했다.

"그 서류를 검토해야 하니까 나에게 바로 가져오게."

그리고 사무실 주임이 서류를 들고 그의 앞에 나타나자 로비노는 말했다.

"기다리게."

사무실 주임은 기다렸다.

22

아순시온선 우편기가 곧 착륙한다는 기별을 보내왔다. 리비에르는 최악의 시간 속에서도 전보들을 일일이 검토해 가며 우편기의 순조로운 진행을 눈여겨보았다. 이런 당혹감 속에서도 그렇게 하는 것이 그로서는 자기 신념에 대한 유일한 증명이자 설욕이었다. 이 순조로운 비행은 전보를 통해 다른 수많은 비행들 역시 순탄하게 이루어질 것임을 예고했다.

'매일 밤 태풍이 오는 건 아니지.'

리비에르는 또 생각했다.

'일단 길이 한번 뚫리고 나면 그 길을 가지 않을 수 없어.'

꽃이 활짝 피어 있고 낮은 집들과 천천히 흐르는 시냇물

이 풍요롭고 아름다운 정원에서 내려오듯, 파라과이로부터 여러 비행장을 차례로 거쳐온 비행기는 별 하나 흐리게 하지 않는 태풍을 벗어나 미끄러지듯 내려왔다. 아홉 명의 승객은 여행용 담요에 몸을 둘둘 감싼 채 보석이 가득한 진열창을 바라보듯 비행기 창에 이마를 기대고 있었다.

별빛보다 창백한 달빛 아래에서 아르헨티나의 작은 도시들이 벌써 한밤중의 노란 불빛들을 하나둘 드러내고 있었기 때문이다. 선두의 조종사는 양치기처럼 달빛을 가득 담은 두 눈을 크게 뜨고 인간의 생명이라는 귀중한 짐을 자신의 두 손으로 떠받치고 있었다.

부에노스아이레스의 지평선은 이미 장밋빛 등불로 가득 찼고, 이제 곧 신비한 온갖 보석으로 반짝일 것이다. 무선 기사는 마지막 전보를 타전했다. 그것은 그가 하늘에서 손가락으로 즐겁게 두드려대던 소나타의 마지막 음표들 같았다. 리비에르는 그 노래를 알고 있었다. 그런 다음 그는 안테나를 되감고, 기지개를 켠 다음 하품을 하며 미소를 지었다. 이제 도착한 것이다.

착륙한 조종사는 주머니에 두 손을 찌른 채 비행기에 기대서 있던 유럽선 우편기의 조종사를 쳐다보았다.

"이제 자네 차례인가?"

"그래."

"파타고니아 비행기는 왔어?"

"기다리지 않기로 했어. 실종이야. 날씨는 좋은가?"

"아주 좋아. 파비앵이 실종된 거야?"

그 이야기는 길게 하지 않았다. 깊은 동지애는 긴 말이 필요 없었기 때문이다. 아순시온 비행기에서 전달받은 행낭들은 유럽선 비행기로 옮겨 실렸다. 여전히 꼼짝도 하지 않고 있던 조종사는 머리를 뒤로 젖히고 조종석에 기댄 채 별들을 바라보았다. 그는 자기 내부에 엄청난 힘이 솟아나는 것을 느꼈다.

"실었나?"

누군가 물었다.

"그럼, 스위치."

누군가 엔진을 작동시켰다. 조종사는 움직이지 않았다. 조종사는 이제 곧 비행기에 기대고 있는 자신의 두 어깨로 그 비행기가 살아 움직이는 것을 느끼게 될 것이다. 떠날

것이다……. 못 떠날 것이다……. 떠난다! 그토록 수많은
갈등이 휘몰아친 후에 마침내 조종사는 안심하고 떠날 것
이다. 그의 입이 살짝 열리며 달빛 받은 그의 치아가 어린
맹수의 이빨처럼 빛났다.

"조심해, 밤이니까. 알았지!"

그는 동료의 충고를 듣지 못했다. 주머니에 손을 찌르고
머리를 뒤로 젖혀 구름과 산들과 강과 바다를 마주하고 이
제 그는 조용히 웃기 시작했다. 희미한 웃음이었지만 그것
은 나무에 이는 미풍처럼 그의 온몸을 떨리게 했다. 희미한
그것은 이 구름과 산과 강, 그리고 바다보다 훨씬 더 강력
한 웃음이었다.

"무슨 일이야?"

"그 어리석은 리비에르 말야……. 내가 겁먹고 있다고 생
각하잖아!"

잠시 후면 비행기는 부에노스아이레스의 상공을 지날
것이다. 자신의 싸움을 재개한 리비에르는 비행기 소리를
듣고 싶었다. 별들 속으로 전진하는 군대의 힘찬 발걸음처
럼 굉음을 내기 시작하여 요란하게 울리다가 희미하게 사

라지는 비행기 소리를 듣고 싶었다.

리비에르는 팔짱을 끼고 직원들 사이를 이리저리 지나다녔다. 그는 창문 앞에 멈춰 귀를 기울이더니 생각에 잠겼다. 단 한 차례의 출발이라도 중단시켰다면 야간 비행의 명분을 잃어버렸을 것이다. 하지만 내일 당장 리비에르의 생각을 반박해올 마음 약한 자들을 앞질러 그는 또 다른 승무원들을 밤 속으로 떠나보냈다.

승리…… 패배…… 이런 말들은 아무 의미가 없다. 생명이란 이런 말들의 이미지보다 더 깊은 곳에 있으며, 이미 새로운 형상들을 준비하고 있다. 한 번의 승리는 한 민족을 약화시키고, 한 번의 실패는 다른 민족을 각성시킨다. 리비에르가 참고 견딘 패배는 어쩌면 진정한 승리에 가까이 다가서는 하나의 약속일 것이다. 오직 전진하는 사건만이 중요하다.

오 분 후에 무선국들은 모든 비행장에 경보를 보낼 것이다. 15,000킬로미터에 걸쳐 퍼지는 생명의 전율이 모든 문제를 해결해줄 것이다.

벌써 비행기 엔진이 오르간의 노랫소리처럼 고조되고

있다. 그리고 리비에르는 느릿한 걸음으로 자신의 일터로, 그의 엄격한 시선에 복종하는 직원들 사이로 돌아간다. 무거운 승리를 짊어지고 있는 위대한 리비에르, 승리자 리비에르.

작품 해설

　〈야간 비행, Vol de Nuit〉은 생텍쥐페리의 두 번째 소설이다. 1931년에 출판되었으며, 같은 해에 페미나 상을 수상하였고 오랜 기간 전 세계에서 여러 언어로 번역되어 독자들의 마음을 두드려왔다. 실제 작가 본인이 항공우편회사에 일했던 경험을 필두로 쓴 작품으로, 생텍쥐페리 작품 세계 중에서도 특히 개인의 경험담이 생생하게 묘사되어 있다는 평을 받고 있다. 등장인물도 생텍쥐페리가 남아메리카에서 알고 지내던 사람들과 뚜렷하지는 않지만 막연한 연관성이 있으며, 특히 책에 나오는 리비에르라는 인물은 항공 운항 감독이었던 디디에르 다우레트(Didier Daurat)에게서 영감을 받았다고 알려져 있다. 이처럼 비행사로서의 자신의 느낀 점과 1932년 항공기 사고로 추락했던 경험담은 훗날 '어린

왕자'를 써내려 가는 일에 지대한 영향을 끼치기도 했다.

작품 안에서 리비에르가 추구하는 '정의'와 파비앵의 '실종'은 서로 팽팽하게 부딪히며 독자들에게 묻는다. 각각의 개인이 추구하는 이상과 집단이 추구하는 이상 사이의 감정들이 서로 얽히고 설켜서 연대와 괴리감의 경계에서 묘한 느낌을 자아내고 있다. 이러한 분명하지 않은 감정은 어떠한 임무에 대한 인간의 마음과도 같이, 매우 모호하며 복잡하다. 허나 누구도 그것을 단순히 옳고 그름의 정의로 판단할 수는 없을 것이다. 모든 사건은 개개인에게 다른 방식으로 인지될 것이기 때문에 결국 어떤 가치관으로 세계를 바라보는가에 대한 차이가 있을 뿐이다.

등장인물들에게 저마다 주어져 있는 임무처럼 어쩌면 이 책을 읽고 있는 우리들에게도 삶을 살아내기 위해 지속해야만 하는 일이 있을 것이다. 그것은 거친 폭풍우를 뚫고 밤을 항해하는 망망대해 위의 범선처럼 길고 험난한 싸움이 되겠지만 그때 중요한 것은 우리가 지녀야 할 마음가짐과 태도인 것이다. 〈야간 비행, Vol de Nuit〉은 때로는 파비앵처럼, 또 때로는 리비에르와 같이, 어떤 슬픔에 좌절하여 모든 것이 위태롭게 느껴질 때에도 이 새벽의 안개가 걷힐 때까지 자신에게 주어진 본연의 가치를 잊지 않고 나아가야 한다고 말하고 있다.

목표는 어쩌면 아무 것도 정당화하지 못한다. 하지만 행동은 우리를 구원해준다. 짙은 어둠 속에서도 살아 있음에 대한 신호를 포기하지 않고 내비친다면 언젠가는 지상에서도 알아줄 것이다. 그 거친 폭풍우를 뚫고 우리들이 여전히 이 세계의 상공을 비행하고 있음을.

오직, 전진하는 사건만이 중요하다.

작가 연보

1900년 6월 29일 프랑스 중부 도시인 리용에서 귀족 출신인 장 드 생텍쥐페리 백작의 2남 3녀 중 차남으로 태어나다.

1904년 부친이 사망하고, 생모리스 드 레망에 있는 숙모의 성관과 몰에 있는 외할머니의 성관에서 생활한다.

1909년 온 가족이 함께 르망으로 이사하고, 생텍쥐페리는 예수회가 운영하는 노틀담드 생크루아 학교에 입학한다.

1912년 앙베리외 비행장에서 조종사 베르린에게 이끌려 처음으로 비행기를 타다. 그 경험을 바탕으로 시를 쓰기도 한다.

1914년 빌프랑슈 쉬르 손 시의 몽그레 중학교에 입학하고 석 달 뒤, 스위스 프리부르의 마리아니스트 수도회에서 경영하는 중학교로 전학을 간다. 1916년까지 기숙사생으로 지내면서 발자크, 보들레르, 도스토예프스키 등의 작품을 알게 된다.

1917년 학교 기숙사에서 함께 지내던 동생 프랑수아가 사망한다. 프랑수아의 사망은 〈어린 왕자(Le Petit Prince)〉의 비극과 관련한 모티프가 되었다. 대학입학 자격시험에 합격하고 해군사관학교에 들어가기 위해 보쉬에 고등학교와 생루이 고등학교에서 공부한다.

1919년 해군사관학교의 필기시험은 합격했으나 구술시험에 실패하여 파리 미술학교 건축과에 입학한다. 과학 공부 외에 문학을 차츰 진지하게 받아들이면서 어머니의 사촌인 레스트랑즈 부인의 도움으로 문단 사람들을 만나게 된다.

1921년 4월에 군에 입대한다. 스트라스부르그 제2비행 여단에 배속되어 조종을 배우고 군용기 조종사 자격을 취득한다. 6월에 모로코의 리바트에서 민간비행사 시험에 합격하는 한편, 장 지로두와 장 콕토 등의 작품을 통해 문학에 대한 관심을 지속적으로 유지한다.

1922년 약혼녀와 가족의 반대로 공군 복무를 포기하고 예비역 소위로 제대한다.

1923년 파리의 회사에 회계사로 취직하면서 시와 소설을 습작한다. 트럭 회사의 외판원으로 직장을 옮긴 후 틈틈이 비행 연습을 한다. 그리고 루이즈 드 빌모랭과 약혼한다.

1924년 소레 자동차 회사에 입사하고, 세일즈맨으로 근무하면서 글쓰기에 전념한다.

1925년 파리에 들를 때마다 이모인 이본느 드 레스트랑즈의 집을 방문한다. 그곳에서 앙드레 지드, 장 프레보와 친분을 맺는다.

1926년 장 프레보의 주선으로 잡지 〈나비르 다르장(LeNavird'Argent)〉에 〈남방 우편기(Courrier Sud)〉의 초고에 해당하는 단편소설 〈비행사(L'Aviateur)〉를 발표한다. 그리고 약혼녀와 파혼한 뒤 항공 사에 취직하며 본격적으로 조종사 일에 투신하기 시작한다. 11월에 라테코에르 항공사로 옮겨 툴루즈에서 근무하다.

1927년 툴루즈-카사블랑카 정기 노선의 조종사로 근무한다. 10월에 카프 쥐비 우편 비행중계소의 책임자로 파견 근무를 하고, 〈남방 우편〉을 집필하다.

1928년 프랑스로 귀국하고, 브레스트에서 고급 비행사 과정을 이수하고 면허를 취득하다.

1929년 〈남방 우편〉을 발표하다. 아르헨티나 항공우편회사의 개발과장으로 부임하면서 메르모즈, 기요메 등과 근무하다.

1930년 민간항공 부문에서 공로훈장을 받는다. 그해 6월 가장 친한 동료인 기요메가 안데스 산맥을 횡단 중 폭설을 만나 행방불명된다. 생텍쥐페리는 닷새 동안 기요메 수색에 나섰으나 실패하고 만다. 얼마 후 기요메가 자신의 힘으로 살아 돌아온다.

1931년 앙드레 지드의 서문이 실린 〈야간 비행(Vol de nuit)〉이 출간된다. 4월에 꼰수엘르 순신과 결혼하고, 5월에 카사블랑카-포르 에티엔느 경유의 프랑스와 남아메리카 항로를 개척한다. 12월에 〈야간 비행〉으로 페미나 상을 수상하여 여러 나라 언어로 번역 출간되고 영화로도 만들어진다.

1932년 라테코에르 항공회사에 재입사한다. 시험 비행사로 근무하던 중 생라파엘 만 부근에서 추락 사고를 당하고, 겨우 살아난다.

1933년 프랑스의 모든 항공회사를 통합한 '에어 프랑스'
가 창립된다. 여기에 입사하려 했으나 실패한다.

1934년 '에어 프랑스'에 입사하여 홍보실에서 근무한다.
〈남방 우편〉이 영화화되고 자신이 직접 비행사로 출연한다.

1935년 〈파리 수와르〉지의 특파원으로 모스크바에 파견
된다. 12월에 파리-사이공 간 비행시간 신기록 달성을 위
해 프레보와 함께 '시문기'에 탑승 하여 공항을 출발했으나
리비아 사막에 불시착한다.

1937년 카사블랑카-톰북투 간의 비행을 담당한다. 6월
에 다시 특파원으로 마드리드에 파견되어 스페인의 내란을
취재한다. 그리고 뉴욕과 테르 드푀간 사이 항로의 시험비
행에 자원하다.

1938년 뉴욕에서 과테말라로 가는 비행기를 이륙하
던 중 추락하여 중상을 입는다. 〈인간의 대지(Terre des
hommes)〉를 집필하고, 프랑스로 귀국하다.

1939년 파리로 돌아와 〈인간의 대지〉를 출간하다. 5월에
국민훈장을 받고, 6월에 〈인간의 대지〉로 아카데미 프랑세

즈의 소설대상을 수상한다. 이 소설은 곧 영화화되고 뉴욕에서 출간되어 '이달의 양서'로 선정되며 베스트셀러가 된다. 9월에 제2차 세계대전의 발발로 대위로 소집되어 툴루즈 몽트랑의 기술교육단에서 근무하고, 신체검사 불합격에도 불구하고 비행사 근무를 청원하여 33비행정찰대에 배속된다.

1940년 5월까지 각종 작전에 참여한다. 6월 독불 휴전으로 징집해제와 함께 마르세유로 돌아온다. 〈성채〉의 집필을 계속하다.

1942년 〈전투 조종〉을 영역(英譯)하여 〈아라스로의 비행〉이라는 제목으로 미국에서 출간하여 베스트셀러가 된다. 프랑스에서도 출간되었지만 독일 점령 당시 당국에 의해 발매 금지 처분을 받는다. 11월에 연합군이 북아프리카에 상륙하고, '생텍스'라는 이름으로 프랑스 국민의 단결을 호소하기 위한 방송이 시작된다.

1943년 2월에 〈어느 볼모에게 보내는 편지〉, 4월에 〈어린왕자〉를 출간하다. 우즈다에서 재편성된 미군 지휘하의 제2의 33비행정찰대에 편입되고, 6월에 소령으로 진급한다. 론강 상공 비행정찰 후 착륙 도중 실패한 이유로 대기 명령을 받아 중형 폭격기 중대에 배속된다. 알제로 돌아가 친구 집에 머물며 상사에게 33비행정찰대에 복귀를 청원하고, 편대장으로 5회의 출격 승낙을 얻어낸다. 〈성채〉의 집 필을 계속하다.

1944년 33비행정찰대가 코르시카의 보르고로 이동한다. 이미 5회의 출격을 초과하여 8회 출격 후 마지막으로 한 번 더 출격하기로 한 7월 31일 오전 8시 반, 여섯 시간 분의 연료를 채우고 그르노블과 안느시 간의 항로로 정찰 비행에 출격한다. 목격자들의 증언에 따르면 귀로에 코르시카 수도에서 100킬로미터 떨어진 곳에서 독일 전투기에 의해 격추되어 전사하였다고 한다.

툴루즈에서 생텍쥐페리.

『야간비행』영국 초판본 표지.